英美文学重点问题解析与研究

肖文杰　著

全国百佳图书出版单位 吉林出版集团股份有限公司

图书在版编目（CIP）数据

英美文学重点问题解析与研究／肖文杰著. -- 长春：
吉林出版集团股份有限公司, 2022. 10（2023. 9 重印）
ISBN 978-7-5731-2604-7

Ⅰ. ①英… Ⅱ. ①肖… Ⅲ. ①英国文学-文学研究②
文学研究-美国 Ⅳ. ①I561. 06②I712. 06

中国版本图书馆 CIP 数据核字（2022）第 190708 号

YINGMEI WENXUE ZHONGDIAN WENTI JIEXI YU YANJIU

英 美 文 学 重 点 问 题 解 析 与 研 究

著：肖文杰
责任编辑：朱　玲
封面设计：雅硕图文
开　　本：720mm×1000mm　1/16
字　　数：160 千字
印　　张：8.5
版　　次：2022 年 10 月第 1 版
印　　次：2023 年 9 月第 2 次印刷

出　　版：吉林出版集团股份有限公司
发　　行：吉林出版集团外语教育有限公司
地　　址：长春市福祉大路 5788 号龙腾国际大厦 B 座 7 层
电　　话：总编办：0431-81629929
印　　刷：涿州汇美亿浓印刷有限公司

ISBN 978-7-5731-2604-7　　　定　　价：52.00 元

前　言

　　众所周知，文学是语言艺术的最高形式，在人类生活的早期，文学就以各种方式存在，并成为我们生活中的重要组成部分。人的一生如果没有文学的润泽，那么将是干涸的。当我们游弋在或庄重典雅，或诙谐幽默，或辛辣尖刻，或俏皮夸张的文学作品中，不仅可以感受到文学作品的思想美、语言美、形象美、气韵美、意境美，还可以跟随作者进入到不同的国度及不同的社会时期，在脑海中重构当时的楼阁建筑，体味各地的风土人情，感受不同的文化差异，提高我们的文学素养，陶冶我们的情操，增长我们的知识。

　　英美文学通常是指英国文学和美国文学，英美文学是经过了英美文学名家的千锤百炼，优秀的文学作品凝聚着语言的精华，是语言、词汇和各种表现手法的宝库。根据自身的规律，英国文学经过了盎格鲁–撒克逊时期、文艺复兴时期、新古典主义时期，一直到浪漫主义时期、维多利亚时代和现代主义时期等不同的文化发展阶段。美国文学是在十九世纪末期逐渐脱离英国文学对其的影响，在此后的发展过程中，美国文学逐渐趋于成熟和稳定，成为拥有者强大生命力和影响力的独立的美国民族文学。

　　21世纪是信息革命和经济全球化的时代，科学技术突飞猛进，国际交流日趋频繁，国际竞争日益激烈。在这样的国际背景下，吸收世界各民族文学的精华，促进国际文化交流与合作，发展并繁荣我国的文学事业，比以往任何时候都显得更为重要。英美文学承载了英国及美国的价值观、文化观念、历史等等。从英美文学中，我们可以看到真善美，也能够看到生活中存在的假恶丑。学生学习英美文学，可以了解中西文化的差异，从而不断提高他们的文化素养，促进他们的全面发展。

　　本书是一本研究英美文学重点问题的理论著作。简要阐述了英国文学以及美国文学的基础知识；分析了英美文学翻译、英美生态文学、英美女性文学、英美创伤文学、英美文学教学等方面的重点问题，包括基于跨文化背景下的英美文学翻译问题与对策探索、基于生态视角下的英美文学翻译探索、基于女性视角下的英美文学审美研究、夏洛蒂·勃朗特《简·爱》及女性意识的顿悟、凯瑟琳·安·波特小说中的创伤叙事、创伤视域下《赎罪》中的叙事治疗、英美文学教学现存的问题与改革实践等方面的内容。

本书在写作过程中得到了相关领导的支持和鼓励，在此表示感谢！在写作过程中，作者广泛参考、吸收了国内外众多学者的研究成果和实际工作者的经验，在此，对本书所借鉴的参考文献的作者、对写作过程中提供帮助的单位和个人致以衷心的感谢！同时，有些参考的资料由于无法确定来源和作者，因此没有在参考文献中列出，为此表示深深的歉意。在写作本书时，得益于许多同人前辈的研究成果，既受益匪浅，也深感自身所存在的不足，对此希望广大读者与专家、学者予以谅解，并提出自己的宝贵意见，以便修改完善。

目　录

第一章　英美文学概述

英国文学源远流长，经历了长期、复杂的发展演变过程。在这个过程中，文学本体以外的各种现实的、历史的、政治的、文化的力量对文学发生着影响，文学内部遵循自身规律，历经了不同的历史阶段。

第一节　英国文学概述

一、英国早期文学

世界上大部分国家的文学，最初都是以口头形式表现而不是书面形式。传奇的故事和典故通过人们口口相传，并在流传的过程之中不断丰富、完善，最后才形成了写本。公元450年左右，先前居住在丹麦以及荷兰一带的盎格鲁、撒克逊、朱特三个日耳曼部落开始渐渐的迁徙到了不列颠岛上。《贝奥武甫》是盎格鲁—撒克逊时期留传下来的最具有代表性的一部古英文著作，它也被称作为英国的民族史诗。这本书主要描述了主角贝奥武甫除妖伏魔、勇敢与恶龙斗争的故事，神话传说色彩极其浓厚。这部著作的取材源于一个日耳曼的传说故事，这个故事随着盎格鲁—撒克逊人的迁徙，被一同带入了如今的英国地区，而我们现如今看见的诗歌大多由公元8世纪初的英格兰吟游诗人所写。当时的不列颠岛屿正在经历社会转型与过渡时期，而《贝奥武甫》也恰好成书于7、8世纪，所以，对于研究那个时期社会风俗、思想变化以及宗教文化的研究者来说，这本书极具研究价值以及参考意义。

诺曼底人，一个曾居住在法国北部的人种，他们在威廉公爵的带领下于公元1066年穿越英吉利海峡，战胜了英格兰。随后，诺曼底人对当时的封建政治制度进行了强化与完善，并大力推行法国文化，使法语成了英国宫廷乃至整个上层社会的通用语言。在这一时期，浪漫传奇主义文学盛行，其中，亚瑟王与十二圆桌骑士的故事最为流行。同样取材于亚瑟王与他的骑士的故事的书还有《高文爵士和绿衣骑士》，这本书里称颂了以谦恭、正直、怜悯、英勇、公正、牺牲、荣誉、灵魂为主的骑士精神，是最具有代表性的浪漫传奇文学之一。传奇文学以歌颂骑士美德，传播骑士冒险故事和浪漫爱情为主，是当时的封建社会发展到一定阶段所体现出的一种社会理想。14 世纪，英国迎来了资本主义工商业的高速发展时期，与此同时，城市市民阶层迅速兴起，英语也成功普及到社会各个阶层，这些都为优秀英文文学作品的诞生奠定了良好的基础。杰弗利·乔叟（Geoffrey Chaucer）的出现昭示着将本土文学视作是主流的英国书面文学史就此拉开序幕。《坎特伯雷故事集》以几位香客自伦敦出发去坎特伯雷朝圣作为开端，着重对香客们的进行人物的刻画，通过他们对自己经历的讲述，将中世纪英国的社会风貌直观生动地展现在读者面前。乔叟被称为"英国诗歌之父"，他文笔优雅流畅，他独创的英雄诗行采用五步抑扬格双韵体，可以说他提升了英国文学的水平，为英国文学的发展做出了极大的贡献，同时也为英语成为英国统一后的通用语言奠定了基础。

14 世纪至 16 世纪，欧洲许多国家先后经历文艺复兴时期，这一时期，英国社会政治、经济发生了深刻的变化，文学艺术也得到了空前的发展。文艺复兴运动将人文主义作为核心思想，主张以"人"为本，反对中世纪"神权"的绝对统治。人文主义鼓励对古典文化的研究，倡导对古希腊、罗马作家文学风格的模仿。

文艺复兴时期的集大成者是莎士比亚（Shakespeare）。他的全部作品包括两首长诗、一百五十四首十四行诗和三十八部（另一说三十九部）戏剧。莎士比亚的主要剧作有喜剧《仲夏夜之梦》《威尼斯商人》，悲剧《罗密欧与朱丽叶》《哈姆雷特》《奥瑟罗》《李尔王》和《麦克白》，以及历史剧《亨利四世》、传奇剧《暴风雨》等，其中四大悲剧代表着他创作的最高成就。莎士比亚是一位语言大师，他对英语语言的娴熟运用，将英语的丰富表现力推向极致。与莎士比亚同时或稍后还有一批其他的剧作家，最重要的是本·琼生（Ben Jonson），莎士比亚曾经在他的喜剧《人人高兴》中扮演过角色。琼生是写讽刺戏剧的高手，其《狐狸》和《炼金术士》揭露了当时社会人们追逐金钱的风气，具有很强的喜剧性。英国文艺复兴时期的戏剧在经历了一段时间的辉煌之后，终于随着伊丽莎白时代的终结开始日渐衰微。

二、17、18 世纪的文学

（一）17 世纪的文学

17 世纪，英国社会经历了较大的变动。随着伊丽莎白女王去世，即位的詹姆士一世鼓吹"君权神授"，与代表资产阶级和商人利益的国会在商品专卖权、宗教等许多问题上的矛盾日益加重。之后随着共和国社会政治斗争的日益激化，英国建立了君主立宪制度，在这样的社会背景之下，英国文学也产生了重要的变化，主要表现为很多作品充满了伊丽莎白时期的浪漫主义精神。

17 时期早期英国的文学特点与文艺时期形成了鲜明的对比。辞藻华丽，修辞夸张，莎士比亚的十四行诗就是代表。而在 17 世纪早期，简洁与精确成了作家们的追求和梦想。培根的《随笔》则体现了这一点，他是英国的第一位散文家。在那个时代，人们都忙着创作歌曲、十四行诗，他却在向全英国人民介绍着一种全新的易于理解的作品形式，并且语言简练精确。他这种开拓性的努力使得散文在英国大受欢迎。

17 世纪早期的英国文学成就主要体现在诗歌、散文和戏剧三个方面。其中，诗歌的成就最大，主要代表人物是约翰·多恩（John Donne）。与此同时，也形成了一些新的体裁，诸如：爱情挽歌、讽刺短诗，冥想宗教抒情诗和酒店诗。约翰·多恩生活在詹姆斯一世时期，玄学派诗人的代表。他的诗可以分为两类：歌颂爱情的抒情诗和神圣的经文。多恩的抒情诗，大多记载的是他的童年。诗中，他摒弃了传统的惯用的意象，恭迎了自己耸人听闻，与众不同的新意象。他是善于运用"奇喻"的大师，其中包括了大量的双关，矛盾和比喻。他的这种"奇喻"的魔力是故意把无关的东西放在一起，夸大类似的可能性来引发读者的深思。散文在此时也别有一番价值。代表人物托马斯·布朗（Thomas Brown），在《宗教的医生》这本书中，他把自己塑造成一个和蔼、喜欢推理的医生。他喜欢宗教仪式不是因为神，而是因为它们在情绪上感化了他。另一位典型的代表艾萨克·沃尔顿（Izaak Walton），最为人所知的是他的"钓鱼的条约"，其中强烈地包含了他的人生态度，追求宁静与安稳。戏剧也是文学作品的一种表达方式。这个世纪的戏剧与其黄金时代有着明显的区别，喜剧变得更复杂，更少依赖其他。同时，幽默与诙谐也成了戏剧的重大元素，代表人物本·琼森，他早年主要写讽刺剧。后来形式逐渐多样化了，包括喜剧、悲剧和面剧。《西莉亚》是他的杰作，其中他赞美柏拉图式的恋爱。在他的作品中，他试图教导人们，并声称艺术应该教育人们。

17 世纪早期的文学特色还在于富含哲学理论。资产阶级革命影响了整个社会，人们急切地需要表达内心的想法，因此，17 世纪产生了许多著名的哲学家。培根是现代唯物主义哲学家。他既寻求物质上的成功又追求知识上的丰厚。"知识就是力量"驱使他去探索知识和真理，成为现代科学的创始人。在这样的复杂和动荡的时期，许多作家和文学作品如雨后春笋般出现。他们的作品有着这些共同的的特点：简练的语言，多样化的风格，和深深的哲学理论共同促进了当时文学的繁荣。

17 世纪后期，有些人开始对伊丽莎白时期的文学进行思考，认为当时的文学感性较多、理性较少，文学创作自由较多、文学原则和规范较少，就像是一个蓬蓬勃勃、没经过修理的自然植物园。英国资产阶级革命的一个显著特征是其浓厚的宗教色彩。新兴资产阶级倡导清教主义信念，反对"君权神授"的思想，试图在罗马天主教与英国新教之间寻求一条中间道路。作为一种生活态度，清教主义主张勤俭节约、辛勤工作、反对享乐，在资本积累时期有一定积极意义。

1. 弥尔顿三部曲与清教徒文学

16 世纪，亨利八世推行宗教改革，但由于其改革进行的并不彻底，导致保王国教和革命清教之间争斗不断。代表新兴资产阶级的"清教徒"要求清理教会内部腐败人员以及消除天主教在英国的宗教影响。他们主张简化宗教仪式，反对铺张浪费，提倡靠勤俭节约实现资本积累，其思想反映了 17 世纪英国资产阶级的人生观和价值观，并具有鲜明的时代性。[①] 所以，在这一时期出现的清徒教文学，实际上就是资产阶级革命的衍生物。

英国文学史上最著名的清徒教文学作家之一约翰·弥尔顿（John Milton）在暮年失明后，通过口头讲述的方式创作出了三本举世闻名的文学巨作：《失乐园》《复乐园》以及《力士参孙》。

2. 班扬《天路历程》与清教徒文学

英国资产阶级在伊丽莎白女王的反驳以及斯图亚特王朝的残暴压迫之下，终于在 17 世纪的 40 年代爆发了革命，他们高举反封建反皇权专制的大旗。这场披着宗教外皮的革命并不顺利，在克伦威尔的议会军历经磨难终于击溃王军之后，却惨遭查理二世和詹姆斯二世的算计，最终只能败于玛丽二世和威廉三世光荣革命前夕。清教徒们在困境中艰苦抗争，只为找到一条通往光明的道路。

在弥尔顿之后又出现了一位极具代表性的清教徒作家——约翰·班扬（John Bunyan），他与弘扬刚强和斗争的弥尔顿不同，教徒内心的精神和意志

---

① 李韦. 宗教改革与英国民族国家建构 [M]. 北京：人民出版社，2015：87.

才是他所重视的品质。班扬始终坚守教义生死不渝地进行着传教事业，甚至曾因宣传清教思想而被捕入狱长达十二年，其坚韧不拔的精神令人敬佩。从提高国民性这一方面来说，清教徒这个群体所做出的贡献比历史上所有英格兰阶层都要多。班扬出身贫寒，却积极从事传道和写作，他的散文风格简洁生动，表达方式直白自然，内容多反映普通人的生活细节，因此作品为广大底层社会的普通群众所颂扬。①

（二）18 世纪的文学

18 世纪，启蒙运动席卷了整个欧洲大陆，但英、法两国的启蒙运动情况却与其他国家不甚相同。英国的先进社会制度以及 17 世纪的经验主义理论深深的影响到了法国的启蒙思想家们，一时间，法国思想界百家争鸣，启蒙思想家们对封建君主专制进行了深入的批驳与抨击，极大地推进了法国人民的思想解放进程，为爆发于 18 世纪后期的法国资产阶级革命准备了良好的条件。同时，洛克与牛顿等人的发现与理论同样也在不同的领域对当时的英国造成了极大的影响。从这个角度来看，18 世纪的英、法两国都极具启蒙主义精神。历山大·蒲柏在为牛顿编撰墓志铭的时候曾称赞道："自然与法则，黑夜中匿藏；主唤牛顿出，环宇顿生光。"② 所谓的"光"即是击碎封建与愚昧的科学与理性的曙光。早在 17 世纪中叶，英国就推翻了封建专制，完成了资产阶级革命，所以启蒙运动中推行的理性思想，其实早已融入英国人的社会生活当中了。18 世纪英国人民的民主与自由程度相对较高，故而，当时英国启蒙运动的主要任务就是启发民智以及扫除封建迷信的思想残余。在政治与经济社会情况不同的作用下，英国 18 世纪的展现出了不同的特征。

1. 散文的兴盛与小说的兴起

在启蒙运动的作用之下，18 世纪的英国新古典主义思潮盛行。新古典主义起源与 17 世纪中叶后英、法两国兴起的文艺思潮。德莱顿是英国首位提倡新古典主义的人，他在他的《论剧体诗》等多部著作中详细论述了新古典主义的特征原则以及理论基础，倡导理性，克制情感，并提出写作时要参照古希腊罗马的经典作品，遣词造句要思路清晰，对仗工整，善用智巧和反讽，此外，他还很注重作品品德与教育作用。但同时，德莱顿也是一个十分温厚通情理的新古典主义推行者，他并不排斥甚至很尊重英国文学传统，也曾赞扬过违背"三一律"的莎士比亚等人，这也让英国新古典主义思潮更懂得融合与变通，不易走入僵化与极端之中。

---

① 郑克鲁. 外国文学史（修订版）[M]. 北京：高等教育出版社，2006：37.
② 吴景荣，刘意青. 英国十八世纪文学史 [M]. 北京：外语教学与研究出版社，2006：62.

英国文学在 18 世纪达到的造诣，以及出现的众多卓越的散文家与小说家，都与新古典主义思潮有关。18 世纪的英国，报刊行业极其繁荣，这极大地推动了小说与散文的发展。当时的散文除了在启蒙运动理性影响下表现出来的典雅与豁达外，讽刺意味也极为浓厚。例如乔纳森·斯威夫特（Jonathan Swift），他的作品在展现对理性的崇尚的同时，也有对其怀疑的一面，蕴含了一定程度的悲观与消极情绪。斯威夫特在作品《一个小小的建议》中用了看似非常严谨的逻辑为爱尔兰穷苦民众提出了一个极为严酷的建议，用最机巧温和的文笔深刻地揭示了英格兰殖民者与爱尔兰地主们自私狭隘、冷酷无情的丑恶嘴脸，此外，还猛烈抨击了那些伪善虚假的"奉献者"。该文遣词造句优雅讲究，却更加加重了文章的讽刺意味。斯威夫特的另一篇代表作《格利佛游记》用最浪漫奇幻的笔调写出了最为讽刺的寓言。该书讲述了主角在小人国、大人国、飞岛和慧骃国四个国家的旅行见闻，通过对照、衬托等多种表现方式辛辣地讽刺了当时腐败的英国政治，批判与抨击了人类性格中丑恶的一面，体现了斯威夫特对理性精神的推崇，但书中对飞岛科学家怪异实验的描写却又暗示了作者对理性万能这一观点存疑。

现实主义小说的诞生与发展可以说是 18 世纪英国文学的最大发展。关于小说的起源，现如今最早可以追溯到古希腊时期的荷马史诗，随后的欧洲中世纪描写骑士英雄的传奇故事，以及 18 世纪初的报刊文学等都为小说的发展奠定了一定的文学基础。随着 17 世纪后期人们的宗教热情下降、洛克等人的经验主义哲学影响扩大和小说阅读群体的扩大，这些都为现实主义小说的发展准备了社会条件。现如今的学者大都认为，英国文学史上第一位现实主义小说家是丹尼尔·笛福（Daniel Defoe），他的大部分作品舍弃传统的以大人物为主角的设定，从小人物入手，用现实主义的表现方式，生动形象地展现了一众社会下层小人物的生活状态，例如《鲁滨孙飘流记》《摩尔·弗兰德斯》《罗克珊娜》等作品。《鲁滨孙飘流记》中，作者对主角鲁滨孙·克鲁索豁达、勤劳、实际的人物形象刻画得入木三分，是当时发展蓬勃时期的资产阶级的卓越代表，但笛福的作品的最大缺陷就是，小说结构较为疏松，不够紧凑。

18 世纪中期，书信体小说诞生，他的创作者塞缪尔·理查逊（Samuel Richardson）在《帕梅拉》《克拉丽莎》等作品中，极为细腻的对普通女性的心理情感进行了刻画描写，对现代小说的发展仍具有极大的参考和借鉴意义，因此，也有不少人认为理查逊才是英国现代小说的开拓者。理查逊非常重视作品的品德与教育性，例如《帕梅拉》这一作品中，就详细地刻画了一个自律自爱并拒绝男主人蛊惑最后成功收获爱情与尊重的女仆形象，从而弘扬中产阶级的品德观念。但理查逊的作品在另一个小说家亨利·菲尔丁（Henry

Fielding）看来，这种观念的市侩哲学意味过于浓厚，于是菲尔丁在他的作品《约瑟夫·安德鲁斯》中进行了反讽，最终他在《弃儿汤姆·琼斯的故事》《大伟人乔纳生·魏尔德传》等作品中渐渐形成了自己的写作风格。菲尔丁的作品生动形象地描绘出了 18 世纪英国社会的生活状况，小说人物丰富饱满，小说结构严谨清晰，文风诙谐有趣，在歌颂豁达乐观精神的同时，也有对社会也人性中恶的一面进行刻画与讽刺。他戏称自己的作品为"散文体滑稽史诗"。菲尔丁的作品在传承英国现实主义文学传统的同时，也推动了现实主义小说的进一步发展。自此，英国小说的创作主流变成了现实主义小说。

直到 18 世纪中叶，新古典主义思潮以及启蒙主义的豁达精神对英国的影响力渐渐削弱，小说领域又重新出现了新的活力。托比亚斯·斯摩莱特（Tobias Smollett）、劳伦斯·斯特恩（Laurence Sterne）等人是这一时期的著名小说家。斯摩莱特的作品传承了西班牙流浪汉体小说的传统，他的作品《蓝登传》《皮克尔传》主要描绘了主角的冒险经历，通过对主角冒险途中见闻的表现，详细地表现出了 18 世纪中叶英国各个社会阶层的千姿百态的社会风貌，从而表达出作者惩奸除恶的创作观念。斯摩莱特的小说，语言简洁凝练，表现力极强，擅长刻画小的细节，但作品结构不够紧凑，人物刻画也比较单薄，且其文风阴郁，战斗相关场景暴力血腥，与 18 世纪初启蒙运动所倡导的豁达乐观相背离。劳伦斯·斯特恩的《项狄传》与那个时期的小说规范相去甚远，角色和空间混乱、情节杂乱、作品中充斥着作者的长篇大论和令人费解的符号。讲述牧师约里克欧洲之旅的作品《感伤的旅行》将描写的中心放在了角色在看到旅途中不幸之事的内心感受上，意在煽动读者情感。这部作品是 18 世纪后期社会流行的伤感主义的鲜明代表。

18 世纪小说创作思潮的变化还有一个鲜明的特征，即对诡秘和幻想的追求。小说作者受"黑暗中世纪"以及他国文化的影响，创作出了新的小说体——哥特式小说。可以说后来文学史上的浪漫主义文学以及维多利亚时代的现实主义都深受其影响。

2. 诗歌的沿革与戏剧的衰微

相较起繁荣发展的小说散文，诗歌逐渐式微。启蒙运动对科学与理性的追求极大地冲击了需要丰富想象力的诗歌的发展。这个时期的诗歌融合了小说与散文的特点，结构均衡、极讲究遣词造句的协调性，即用严谨讲究的诗体表现城市化的内容。亚历山大·蒲柏（Alexander Pope）是新古典主义诗歌的代表人物，他主张进一步发展和创作英雄双韵体诗歌，并于 23 岁创作出了流芳千古的英雄双韵体诗歌作品《论批评》，该作品语言朴实无华、遣词造句和音韵协调且极富说理性，为蒲柏赢取了不少称赞。

18世纪中期，诗歌题材的创作开始出现中世纪风偏向，一时间不少模仿作品频出，这也加速了以蒲柏等人为代表的新古典主义诗歌的凋落。而于18世纪前期式微的田园等其他诗体再次盛行，并与影响力与日俱增的伤感主义相融合。创作者们舍弃传统的诗体，也不再将创作重心放在人和社会的命运发展问题上，而是更加关注自然，从自然中获得诗歌的启发，使用多种诗歌题材来歌颂自然，表达情感，探讨生与死的问题。"自然诗人"的代表人物詹姆斯·汤姆逊（James Thomson），他在作品《四季诗》中直抒胸臆，情感细腻的描写了大自然四季的不同变化以及在大自然中人的各种活动，或优美雅致，或灵动欢乐，体现出了作者对自然的热爱与赞美，对后世的诗歌创作有极大的借鉴意义。"墓园诗派"托马斯·格雷（Thomas Gray）的作品较少，其作品《墓园挽歌》流传较广，遣词造句优雅，音韵协调，诗中时有典故，风格忧愁感伤，想象力丰富，是新古典主义的模范作品。他的作品充斥着对平凡大众的关注以及对自然的歌颂，这些都在昭示着浪漫主义诗歌的到来。所以，一般学者认为托马斯·格雷是新古典主义与浪漫主义诗歌的过渡诗人。

英国戏剧在18世纪成就平平。经过文艺复兴繁荣时期的英国戏剧在1642年遭受到了毁灭性的打击，清教徒掌控着的国会了将伦敦所有剧院关闭，虽说1660年后又再度开启，但英国戏剧也难以再恢复往日的辉煌了。从17世纪末到18世纪初，风俗喜剧占据了英国戏剧的创作主流，威廉·康格里夫（William Congreve）的《以爱还爱》以及《世界之道》、范伯鲁的《故态复萌》等都是其中典范。17世纪末，英国道德改革运动的发展以及日益豁达乐观的社会心态，让讽刺意味浓厚、风格略显浮夸的风俗喜剧显得有些不够切合时宜了。直到18世纪中叶后，风俗喜剧才又在歌尔德斯密斯和谢里丹这两位优秀的剧作家的带领之下出现了短暂的辉煌。

文学现象绝不是只用单纯的一种主义、一个理论就能囊括的简单定义，不同国家和时代的文学现象都拥有丰富的种类和变化。但同时，倘若我们想理清如此复杂的文学现象，又不得不依赖于一些主义和理论。虽然理性是深受启蒙运动影响的18世纪英国文学的最强音，但也不可否认，除理性外仍有许多不可忽视的声音同样在18世纪的英国文学中回响，也正是这样丰富多彩的声音，才能够让我们更清晰地感受到那个社会的千姿百态。

三、浪漫主义时期的英国文学

（一）英国文学浪漫主义文学发展起源

1765年，珍妮机的出现，标志着英国第一次工业革命的开始，随着工业革命的发展，英国人民的生活水平得到极大的提升。一直到 19 世纪 30 年代，英国生产力水平急速上升，最后发展成了"世界工厂"，在金钱的累计和推动下，资产阶级应运而生。过快的经济增长让社会充斥着拜金主义思想，对金钱的追逐让人性与道德渐渐扭曲，于是为了抵御资产阶级腐朽的思想观念，一些浪漫主义先行者便投入了文学的创作之中。

启蒙运动虽然在一定程度上解放了人们的思想，打破了人们的愚昧与无知，但其对理性的过度崇拜也严重压抑了人们的情感和欲望。直到 18 世纪末期，人们在理性的苛刻压抑下终于爆发，他们希望能够摆脱理性长此以往的束缚。作家们在理性社会的束缚下，却还依然坚信，人生而就有追求欲望和美的权力。同一时期，崇拜理性与克制的新古典主义也遭到了抵制与反抗。

1789 年，高举自由、平等、博爱旗帜的法国资产阶级革命拉开帷幕。这场革命得到了许多英国人的赞扬，甚至还有一些活跃在英国诗坛的创作者为此编撰许多赞美法国大革命、传播进步思想的作品。

可以说，英国浪漫主义文学的发展离不开上述三个革命的努力。这场文学革命盛况空前，规模大、时间长，创作者将诗歌作为革命主战场，用独特的表现方式来描述事物、表达情感。

（二）英国文学浪漫主义文学表现特征

英国浪漫主义文学的特点是两种特质的杂糅，一方面它是较为反叛的，试图与传统决裂的。这不仅是针对文学传统，还包括思想观念、宗教信仰和陈旧习俗。其中雪莱、拜伦等的作品集中体现了这一反抗精神。但另一方面，由于民族性的原因，英国浪漫主义作家并不像德国和法国浪漫主义的同僚一般紧密联结、积极进取，他们并没有表现出真正的决裂，也没有出现强烈的革命愿望。

虽然没有自成体系，没有纲领性的宣言和理论，但却不难总结出英国浪漫主义诗歌的共性：

（1）不拘泥于体裁、格局与韵律，体现丰富的创造性和想象力，探索更旷达开放的情感表达，讴歌生命的自由与动态之美。

（2）在塑造艺术形象时通常运用情感充沛的语句、瑰丽奇妙的想象和奔放不羁的艺术手法。

（3）钟情自然山水，采用民间题材，喜爱异国情调，赞美中世纪等。

（4）热爱自由，释放天性，着重表现个体真情实感或诗人的精神动态，有强烈的自我独白倾向。

（5）赞美理想的伟大，常立足于崇高的理想来批判现实，或将现实生活理想化

（6）否定个体在社会面前是无能为力的观点，肯定其对社会的抗争作用。

（7）在所有的特质中，对想象的重视是英国浪漫派和所有浪漫派的特征，也是把英国浪漫派与 18 世纪诗人区分开来的重要标志。[①]

（三）英国文学浪漫主义文学代表人物

英国浪漫主义的代表人物主要有以下七位：

（1）农民诗人罗伯特·彭斯（Robert Burns），他的诗歌朴实自然、生机勃勃，充满对自然和乡村生活的亲近，嬉笑怒骂皆成文章的诗风成为浪漫主义诗风的一个重要开端。

（2）"疯子诗人"威廉·布莱克（William Blake），在他的诗中，想象力是最为重要的元素，也表达了对现世的深切关注。他的诗融合了浪漫主义和早期现代主义的特质。

（3）湖畔派诗人威廉·华兹华斯（William Wordswort）、柯勒律治（Coleridge），因隐居在英国北部湖区而得名。1789 年二人合著《抒情歌谣集》，成为英国浪漫主义诗歌的奠基之作。

（4）乔治·戈登·拜伦（George Gordon Byron）是英国浪漫主义中最具有独特反叛气质的诗人。他在诗歌中创造了一批孤独高傲的叛逆者，追求自由，与社会格格不入，这些人物形象被称为"拜伦式英雄"。

（5）珀西·比希·雪莱（Than Percy Shelley）的诗歌思想性更强，战斗力更大，表述也更为清晰有力。

（6）约翰·济慈（John Keats）是与自然关系最为密切的浪漫主义诗人，他的诗作被勃兰兑斯称为"英国自然主义最芬芳的花朵"[②]。

在艺术表现手法上，浪漫主义作家喜欢运用热情奔放的语言、瑰丽的想象、夸张的手法、大胆的幻想、怪异的情节、鲜明的形象，将神话色彩和异域情调与普通的日常景象交织在一起，形成对照。在格律方面，浪漫主义诗歌声韵舒展，自由流畅，富于音乐性。

浪漫主义诗歌是英国文学史上第二个"诗歌的黄金时代"，对世界文学的影响极为深远。我国五四时期自由诗的繁荣，英国浪漫主义诗歌的影响功不可没。文学史上一般将司各特谢世的 1832 年看作英国浪漫主义文学的终结，因为浪漫主义的重要人物拜伦、雪莱、济慈等人均已去世，虽然华兹华斯和柯勒律治等人依然健在，但他们文学创作的黄金时代已经成为历史。作为英国文学

---

① 刘宁. 以独特性、多样性和活力性为特征的英国浪漫主义文学 [J]. 黑龙江科技信息, 2009 (26).

② 吴赟. 翻译·构建·影响：英国浪漫主义诗歌在中国 [M]. 北京：北京大学出版社, 2012: 6.

史上有重要影响的一个文学流派，浪漫主义诗人以张扬自我为开始，以否定自我为终结，这种有趣的现象很值得进一步探讨。

四、维多利亚时代的英国文学

维多利亚时期，英国文学中的重大成就是现实主义小说。有查尔斯·狄更斯（Charles Dickens）、威廉·梅克皮斯·萨克雷（William Makepeace Thackeray）、夏洛蒂·勃朗特（Charlotte Bronte）、艾米莉·勃朗特（Emily Bronte）、安妮·勃朗特（Anne Bronte）、乔治·艾略特（George Eliot）、安东尼·特罗洛普（Anthony Trollope）、爱德华·菲兹杰拉德（Edward Fitzgerald）、威廉·莫里斯（William Morris）、奥斯卡·王尔德（Oscar Wilde）等重要作家。狄更斯作品的深度和广度都超过了同时代的其他作家，代表了19世纪英国现实主义文学的最高成就。他生活在英国由半封建社会向工业资本主义社会过渡的时期，作品广泛而深刻地描写这时期社会生活的各个方面，鲜明地刻画了各阶层的代表形象，并从人道主义出发对各种丑恶社会现象及其代表人物进行揭露批判，对劳动人民的苦难及其反抗斗争给予同情和支持。狄更斯共创作了十四部长篇小说，其中最著名的作品包括描写劳资矛盾的《艰难时代》和以法国大革命为背景，生动再现当时伦敦和巴黎的局势，情节跌宕起伏的《双城记》《雾都孤儿》《大卫科波菲尔》《远大前程》等均以孤儿为主人公，这与他的不幸童年经历有关。《荒凉山庄》揭露了英国司法制度的腐败与黑暗。另有《美国札记》《我们共同的朋友》《布兹素描》《匹克威克外传》《董贝父子》和《小杜丽》等名作。狄更斯的作品关心社会上的重大问题，在他的小说中展示了一幅幅维多利亚时代英国社会生活的画卷，但他是一位具有浪漫、幽默气质的作家，笔下经常出现性格怪异的人物。狄更斯的笔调幽默风趣，真实的细节与诗意的气氛相结合，加上他在语言上采取莎士比亚式的运用，使狄更斯在艺术上以妙趣横生的幽默，细致入微的心理分析，以及现实主义描写与浪漫主义气氛的有机结合而著称。而从狄更斯散文的运用来看，他的作品既有最具体的写实和最奇幻的气氛烘托，又有简洁明了尖锐深刻的文笔，只一个细节便透露出一大片世界，抓住真实人生的核心。

五、20世纪英国文学

研究学者一般将20世纪的英国文学分为上半叶和下半叶这两部分来研究。英国文学在上半叶的发展主要是受到时代与社会变迁的影响。当时的英国小说并没有跳出现实主义小说的范畴，仍是在运用纪实的写作方式描述英国社会转型时期各个方面的变化。但有些思想较为前卫的作家开始对维多利亚传统产生怀疑，他们批判维多利亚时代中产阶级的价值和思想观念，这些小说家在一定程度上延伸了当时的现实主义文学。

第一次世界大战对英国文学的方方面面影响都较大，诗歌的变化则是其中最为直观的。《乔治时代诗选》（1912—1922）是一战前最流行的诗歌著作，而这批流行起来的诗人们虽然风格迥异，但都是着重描写田园风光，批判维多利亚时代的创作风格，他们的作品在具有简约、保守、通俗、平易的特点的同时，又较为偏向大众化。然而，在第一次世界大战爆发之后，诗人们无力在关注田园风光，战争的残酷使他们陷入痛苦与哀伤，甚至有些诗人积极投身战场，最后战死沙场，留下绝命哀歌流传于世。

20世纪20年代，努力在思想与内容上挣脱传统束缚的现代主义文学成了英国文学的创作主流。现代主义文学作家不再着重关注外部世界，而是将创作的中心转移到了人物的内心，通过对人物内心的刻画描写，反映社会的千姿百态。他们热衷于做艺术实验，常使用象征主义、内心刻画、时空错乱等表现方式，让作品表现出一定程度的脱节和崩坏性，以此来表现一战过后西方世界出现的思想观念和精神上的混乱。现代主义文学的特点就是作者将看似没有章法的作品交予读者，让读者按照自己的想法进行排序和解读。现代主义文学的这一特点使得它对读者的知识文化水平有一定程度的要求，比较脱离大众，因此支持的人较少。

在以危机和战争为时代特征的三四十年代，一度受到现代主义作家抨击的现实主义出现回归。新一代的作家认为，文学不应该脱离大众成为象牙塔里面的贡品，而应该对充满危机的社会现实做出反应。

在诗歌创作领域，一批诗人在现代主义大潮已开始退却的30年代，形成了所谓的牛津诗派，率先创作出有左翼倾向的诗作，但是随后不久便热情减退，思想由激进转为保守。在战争期间已经小有名气的托马斯·哈代（Thomas Hardy）突破现代主义的理念，回归英国浪漫主义传统，开创新浪漫主义诗歌流派，诗风清新，感情真挚。

20世纪上半叶英国最重要的剧作家无疑是萧伯纳。他在19世纪90年代初就投身戏剧创作，在漫长的戏剧创作生涯中，撰写了大量关于社会问题的剧本。萧伯纳的戏剧以思想冲突的深刻性和人物对话的生动性见长。两次世界大战期间，在艾略特的努力下，出现了诗剧的复兴，可是不仅持续的时间很短，也没有重要的追随者。

20世纪下半叶，英国的文学得到了极大的发展。诗歌方面，运动派诗歌、爱尔兰诗歌、女性诗歌和非裔诗歌等竞相发展；小说方面呈现出了多元化的格局，现实主义小说、"愤怒的青年"小说、实验主义小说、后现代主义小说、新一代小说以及族裔小说都得到了巨大的发展；在戏剧方面，荒诞派戏剧以左翼戏剧的发展使英国的戏剧获得了新的发展。

20世纪的英国文学不只是一种编年体式的描述，换句话说，并不是时间上越新近的东西就越现代，而是非理性哲学和心理分析；20世纪英国文学的主题是人与自然、人与社会、人与人以及人与自身之间扭曲的、疏远的、敌意的关系。

第二节　美国文学概述

一、早期美国文学

美国早期，文学形式和种类较少，只有诗歌、散文以及宗教著作等很少几种类型。美国原住民印第安人虽然口头文学种类丰富，但都没有形成书面形式，属于最初文学形式，且缺少小说和戏剧的创作。欧洲殖民后，也只是原来的基础上增加了散文和宗教著作。绝大多数移民者都是难以忍受来自欧洲的宗教压迫从而举家移民到美洲的清教徒，他们期望在移民后按照清教徒的想法来建立一种新秩序，开启一种新生活。文学也在他们想建立的新秩序的范畴之内，他们所期望的杰出作品是可以在最大程度上彰显出上帝的重要性以及阐明灵魂存在于地球可能会遭受的苦难和磨炼的作品。清教徒们的创作风格与形式都不甚相同，严肃复杂的诗歌、稀疏平常的日记、枯燥无味的宗教史都有涉及。直到独立战争胜利之后，美国新文学才开始诞生并兴起。创作者们一改独立战争期间政论以及法案的文学形式，转而开始选择小说、戏剧等文学形式。

独立运动期间，美国文学开始兴起。美国没有英国文学那样得天独厚的历史文化遗产，甚至连像《贝奥武甫》这样的口头文学形式都较为缺乏。在殖民早期，安妮·布雷特兹里特（Anne Bradstreet）是当时最为杰出的诗人之一。她的第一部诗集《最近在北美出现的第十位缪斯》是目前已知的移民者在北美最早的文学作品。她的著作还有《灵与肉》《致我亲爱的丈夫》。

在独立战争期间，涌现出了一批极具影响力的创作者，他们发表的与独立运动有关的作品，可以说是美国文学的萌芽。例如，出色的演说家帕特里克·亨利（Patrick Henry），《常识》的作者托马斯·潘恩（Thomas Paine），《论联邦》的作者亚历山大·汉密尔顿（Alexander Hamilton），他们都是那个时期极为典型的文学代表。

菲利普·莫林·弗瑞诺（Philip Morin Freneau）被誉为"美国独立革命诗人"，他的诗作《蒸蒸日上的美洲》《英国囚船》《纪念美国勇士》对英国统治者进行无情的揭露和抨击，高度赞扬了独立运动。

殖民地时期的文化三巨匠乔纳森·爱德华兹（Jonathan Edwards）、本杰明·富兰克林（Benjamin Franklin）和托马斯.杰斐逊是美国文学的奠基人。爱德华兹的《愤怒的上帝手中的罪人们》《论宗教感情》《论意志自由》成功地建起了美国有史以来最完善的思想体系和感情体系，直接影响了美国文学的发展。富兰克林本人被称为美国梦的真实体现，他的主要作品有《格言历书》和《自传》。

19世纪初，美国完全摆脱了对英国的依赖，以独立国家的身份进入世界政治舞台，民族文学开始全面繁荣。华盛顿·欧文（Washington Irving）的《见闻札记》开创了美国短篇小说的传统，使他成为第一个享有国际声誉的美国作家。《睡谷的传说》和《瑞普·凡·温克尔》是他的著名作品，开创了美国本土文学的传统。

二、浪漫主义时期的美国文学

（一）美国浪漫主义文学时期的背景

美国浪漫主义文学从初始到繁荣再到没落，横跨了18世纪末到南北战争结束这段时间。在这一时期，浪漫主义文学作者们更乐于在作品中表现自己的精神、意志与观念，将创作的重心更多地放在了主观的想法和感受上而不是客观。他们将主角与背景设定在大自然，以此来衬托出人类社会中恶的一面。他们的作品大多极富想象力、情感表达坦白直率、遣词造句朴实无华。美国浪漫主义文学最具代表性的作家是华盛顿·欧文（Washington Irving），他是美国文学史上首位赢得国际荣誉和称赞的美国作家。美国浪漫主义文学可以说是伴随着美国经济发展而兴起的"文化复兴"。

美国独立后推动着国内政治独立、经济发展，文化也日渐繁荣了起来。美国史上最大的一次土地扩张运动开始于浪漫主义期间，南北战争的胜利使得美国的将领土扩张到了太平洋西海岸。这一时期正值英国第一次工业革命快速发展时期，美国迅速搭上了第一次工业革命的快车，让自己全国各地各行业的生产力都得到了迅速发展，于是，大量工厂拔地而起，这也导致了美国社会对劳动力的需求激增。除此之外，这一时期的美国也出现了大量的成果与发明，将这些发明运用到工业生产之中后，美国的生产力又得到了进一步发展。随着美国综合实力的日益增长，有许多有人慕名来到美国，着也缓解了美国农业工业对劳动力的需求压力。这一时期的美国在很多方面都站在了世界的前位，在政治上他们首次提出了跨越时代的想法，即创建两党制，推行三权分立制度，实现民主和平等观念。

在美国政治独立、经济迅速发展的背景之下，文学独立成了美国人民最殷切的期盼，于是大量描写美国早期殖民经历、早期清教文化、当地土著印第安人凄惨过往以及西部开发的文学作品涌出。这一时期的文学作品极富想象力且文学表现形式多样，随着教育的普及与发展，美国人民的文化水平不断提高，支持小说、报纸、杂志创办的读者也越来越多，一时间国民阅读盛行。

（二）浪漫主义时期的作品及作家

19 世纪上半叶，由于美国的土地扩张运动，南北经济开始沿不同方向扩张，国民经济发生了极大的变化。大量来自其他国家的移民涌入美国，并自发向西迁移，为西部经济发展带去了资金、技术和劳动力。这些移民在西部开发期间所展现出来的无惧艰险、敢于拼搏、积极向上、自由民主的时代精神都是创作者最好的选材，也都值得创作者将之详细地记录在文学创作之中。

美国北部以及西部的辽阔土地为美国人将浪漫主义变为现实提供了物质方面的条件。在土地开发期间，他们不受任何阶级和政府的压制，可以随心所欲的做任何想做的事，在如此自由平等的环境之下一展宏图恐怕没有一个美国人会拒绝。这也是沃尔特·惠特曼（Walt Whitman）诗中描绘的情景。自由、民主、平等洋溢在整个 19 世纪初的美国社会。但随着美国工业的进一步发展，资本主义发展与民主与自由越来越无法共存，特别是在仍然保留残忍奴隶制的南方。所以，这一时期美国浪漫主义文学的又一重要主题便是批判和反对南方奴隶制度。美国浪漫主义时期的杰出作家很多，其中沃尔特·惠特曼（Walt Whitman）和他的作品《草叶集》则是这一时期最具有代表性的作者和作品。

三、美国现实主义文学

现实主义在文学领域指的是一种试图真实反映生活的趋势，不带一点理想主义或浪漫主义的主观性，现实主义文学于 19 世纪在美国掀起了第一次浪潮。可以说，真正的美国文学是从美国现实主义开始的。自此，美国文学开始自成一体，表达方式和文学特征都具有其独特的艺术风韵。

19 世纪后半叶美国文学界出现了一种反对极端浪漫主义的写作风格，即现实主义之风，这种风格的出现无疑是推动美国文学的民族性程度的加深。文学作为社会和时代发展和变化的反映，它必然会跟随着社会与时代的变化而变化，在这一时期，爱国主义精神和有关学科思考的现实主义才是时代所需要的文学形式，而不是战争前缅怀过往，沉浸理想的浪漫主义。现实主义作家们以理性的态度正视美国的社会状况，犀利的揭露和批判现实社会中不好的一面，让现实主义的浪潮席卷了整个美国文学界。

"乡土文学"的盛行成为 19 世纪美国现实主义文学最为独特的一面。各地区风格独特的乡土文学成为美国现实主义的先声，促进了现实主义文学的发展与繁荣。"乡土文学"的作家着重描写本地区人民的生活与劳动，往往带有地方色彩及方言，有时带有幽默笔调。这种文学描绘本乡本土的传说与现实生活，地方色彩浓厚，基调是乐观的、抒情的。布莱特·哈特（Bret Hart）是美国早期著名的乡土文学作家，他的作品《扑克摊的流浪汉》被誉为乡土小说的主要代表作。

大量、真实的还原社会生活的方方面面是 19 世纪美国现实主义文学最为显著的一个特点。文学是社会的镜子，所以展现出那个时代社会生活的千姿百态，努力刻画那个时代人们的真实生活是文学应该承担的责任之一。现实主义作家真实的反映社会各层百姓的生活与面貌，他们提倡将平民百姓、北美原住民和上层社会的人平等对待，并将艺术创作的对象扩大到每个阶层的人。美国著名的现实主义文学家威廉·迪安·豪威尔斯（William Dean Howells）号召一众小说"停止制造生活的谎言"，可以说，美国现实主义文学的快速发展，离不开他的推动。同时，抨击与揭示社会的阴暗与罪恶是 19 世纪美国现实主义文学的又一重要特征。现实主义作家除了在作品中表现这个生机与冲突、自由与物质并存的新时代外，也在不断地揭示这个社会的阴暗面。例如，马克·吐温在他的作品《竞选州长》中详细的揭示了当时社会所谓"民主"与"自由"的真相，在抨击和批判当时的共和、民主两党后又犀利的讽刺"民主选举"不过是政府欺骗民众的骗局、为了党派的利益不择手段的两党做法。但他们无法突破时代以及阶级的限制，所以并未能找出当时社会与现实矛盾的真正病因。

人与社会的关系是大部分美国现实主义作家都较为重视的方面，他们习惯于在典型的社会环境中塑造典型的社会人物。他们擅长留意生活中的细节，剖析社会问题，选择其中极富有代表性的时间，进行艺术加工。这些现实主义作家们家庭情况大都介于大资产阶级和无产阶级之间，属于中小资产阶级，他们在反对社会上层人士经济侵略以及肆意操纵政治的同时，也十分怜悯底层人民穷苦艰难的生活。美国大部分现实主义文学大师的作品都是通过对美国各个阶层典型人物的塑造来真切、客观的描绘当时美国社会的情况，他们对社会现实的揭露远比其他人要准确深入。例如豪威尔斯的作品《塞拉斯·拉帕姆的发迹》中大资本家拜金、无耻、说话不算话的人物形象就刻画得极为饱满，该小说通过对大资本家的形象刻画，揭露了当时美国上层社会荒谬的价值观念，讽刺了当时美国社会扭曲的金钱观，同时也点出了当时婚姻和金钱密不可分的关系。

现实主义文学从资产阶级人道主义立场出发，描写广大劳动群众的苦难生活及命运。工人、农民、店员、水手、黑人常常成为现实主义文学中的主要人物形象。在现实主义文学作品中，他们备受剥削，生活极端贫困，对垄断资产阶级十分愤恨，向往自由和幸福，但理想往往不能实现。现实主义作家宣扬自由、平等、博爱的人道主义理想，要求维护人的价值和尊严，反对金钱和物欲对人性的压抑和扭曲，主张人的精神存在。博爱思想是这一时期人道主义的突出特征，因此，弱肉强食、尔虞我诈、唯利是图等，都受到了他们的批判；遭迫害、受欺凌的小人物，得到了他们的同情。此外，由于战后的美国北部地区处于资本主义上升时期，南部正在恢复战争的创伤，西部有待于开发和建设，给人们的发展留有较大的空间，因而民族自由的口号在战后一段时间内还颇有市场，如豪威尔斯就是其中一个典型代表。一方面他捍卫现实主义的艺术原则，批判美国现实的某些方面，主张艺术为人民服务。另一方面，他又认为只有对周围生活基本上持乐观看法，才可能是真正的美国现实主义者。因此，他主张描写"微笑的美国"，这就使他的作品带有粉饰太平的倾向。这种矛盾使豪威尔斯的创作方法获得了"温文尔雅的现实主义"的称号。尽管如此，豪威尔斯在美国现实主义文学发展上的奠基作用却是毋庸置疑的。

在 20 世纪的美国文坛上，活跃着众多著名的现实主义作家，他们使文坛高潮迭起，异彩纷呈，充分体现了美国文学的现代性、多样性和独创性，作家们都用自己杰出的成就显示了自己的创作特色。

四、美国现代主义文学

(一) 美国现代主义文学的反叛精神影响巨大

美国现代主义文学思潮是西方现代主义运动的重要组成部分，同时也是美国历史上继浪漫主义之后又一次震感强、影响大的文学变革，它不仅包括五花八门的艺术形式和文学流派，而且也代表着一种背离传统的全新艺术观。它虽然涵盖各种激进的、反传统的艺术形式和流派，但更主要代表了第一次世界大战之后流行于美国的一种无形的社会风格，一种抽象、前卫而又高度自觉的审美意识。美国青年作家崇尚现代主义思想，藐视文学的传统标准和固有模式，成功的挖掘艺术潜力，采用一切新的创作手段来发展、丰富和验证自己的美学观念和创作理论，使得美国现代主义文学具有全新的面貌。这种反叛的精神不仅对现代主义文学风气产生影响，而且在后现代主义文学的发展中被继续得以重视和彰显。美国现代主义文学中的反叛精神对于后现代主义文学的影响是毋庸置疑的。但是需要指出的是，美国现代主义文学作家的反叛不是盲目地抛却文学传统，不是与传统文学在历史发展中长期积淀下来的优秀基因完全决裂，他们在批判中继承，在继承中反思，在反思中运用，对传统文学的一切标准进行扬弃。

（二）美国现代主义文学的创新思维影响巨大

20 世纪初，美国生产力和经济飞速发展，在经济发展和第一次世界大战的推动之下，美国人民自由民主的思想也在较短的时间内得到了较大的提升，于是，旧时期传统的现实主义文学形式显得愈发不合时宜了，现实主义文学的缓慢发展使得它在映照社会现实、反映社会生活以及揭露人心善恶方面有些力不从心。于是，提倡舍弃旧的文学表达方式，探寻新的文学表达方式的现代主义文学应运而生，并迅速席卷美国文学界，在当时，创新即是现代主义文学创作者创作的目的。不可否认，现代主义文学的发展对美国文学有着极大的推动作用。美国现代主义文学虽然有创新思维这样一个共同的标识，但是并无统一的行动纲领、统一的艺术主张和价值取向，他们以独特的理解看思潮、以敏锐的眼光看世界、以创新的思维来创作，尽管文学风格、美学主张各不相同，但是却形成巨大的合力，以傲然的身姿展立于世界文坛，成为时代的标记。意象主义的代表人物庞德不仅创立了意象诗歌的理论，进行着理论的实践，而且还帮助并促进了托马斯·斯特尔那斯·艾略特（Thomas Stearns Eliot）、欧内斯特·米勒·海明威（Ernest Miller Hemingway）等一批作家的成长。

（三）美国现代主义作家与作品

1. T. S. 艾略特

作为 20 世纪最重要的诗人之一，T. S. 艾略特感受并捕捉到现代西方社会精髓——孤独、焦虑、悲观、失望、没落——并将之反映在代表作《荒原》中。在反映现实生活的广度、深度以及艺术创新上，《荒原》不愧是英美现代派诗的里程碑。在诗中，艾略特描绘了战后西方整整一代人的幻灭和绝望、旧文明和价值传统的衰落、荒原般的时代精神。艾略特把丧失了宗教信仰的现代世界比作荒原，广征博引，写出了现代人醉生梦死、道德败坏，最后皈依宗教以寻求复活的思想。

在《荒原》中，艾略特娴熟自如地采用多种表现手法："蒙太奇"手法将过去与现在、真实与想象交错衔接；语言的优雅与通俗齐至；大量谜一般的引喻、象征、暗示和意象；"时空跳跃""感官印象"等手法得到淋漓尽致的发挥；涉及50多部古今作品的用典。所有这一切使得《荒原》成为谜一般的长诗，引发了西方批评界的"喧嚣与躁动"，吸引一代又一代学者与批评家对之进行解读。

艾略特的现代性还表现在其独特的时间观上，艾略特的时间观带有现代主义诗人玄奥、晦涩特点。所有时间进入诗人内心意识：彼时和此刻、此地和彼地相互重合，事物的本质和普遍意义得以揭示。《四个四重奏》明确表达了这一时间观："现在的时间和过去的时间/也许都出现在将来的时间中。/而将来的时间又包括在过去的时间里。/假如所有的时间永远是现在，/那么所有的时间都不能得救。/本来可能发生的事是一种抽象，/作为一种永久的可能性/只存在于一个思辨的世界中。"[①]

艾略特通过探索时间与无时间、历史与意识、生命与艺术，挣脱时间束缚，渴望找到"旋转世界的静止点"，即世界的正中心——一个纯粹意识的点。一切时间在诗人想象的时空里重组。艾略特具有浓厚宗教情节，其对时间探索与思考皆出于人性目的。时间和无时间混合编织在包容一切的经验模式中。所有人性束缚得以解除，万物奥秘得以窥知，所有矛盾也不解自除。

总的说来，艾略特敏锐把握了现代社会，特别是现代城市生活的阴暗面，勾勒了一幅幅现实与梦幻相结合的现代画卷，以其诗作的厚重历史感、强烈时代气息、广阔视野和磅礴艺术气势在美国文学史上写下了浓墨重彩的一笔。

2. 伊兹拉·庞德

另一位诗人伊兹拉·庞德（Ezra Pound）是西方现代派诗歌从孕育到发展过程中最有影响力的文学大师，发起了影响深远的意象主义诗歌运动。庞德早期意象派诗采用意象叠加形式，庞德围绕意象，用最简明语言白描，干净利落，充分显示了意象派诗特点。这种意象叠加组成了一幅印象式"单意象"画卷。《在地铁车站》很容易使人联想到中国古诗词中一些成功运用意象叠加手法的名句，如马致远的《天净沙·秋思》，司空曙的"雨中黄叶落，灯下白头人"，马戴的"落叶他乡树，寒灯独夜人"，白居易的"玉容寂寞泪阑干，

---

① Nina Baym, ed. The Norton Anthology of American Literature, shorter 4th ed ［M］. New York: W. W. Norton and Company, 1995: 1894.

梨花一枝春带雨"等。

除借鉴中国古诗精炼直接的意象特点外，意象派更注重中国古诗中蕴含的深邃的东方古典哲学思想。意象派从中国古诗中吸纳了表层意象和深层思想，推动美国整个现代诗歌发展。

3. 欧内斯特·海明威

在小说《太阳照样升起》中，海明威描写了一群青年流亡者形象。这些流亡者都是"反英雄"（anti-heroes），在他们眼里，爱情、英勇等价值观念都已经被战争摧毁。海明威道出了这代人的心声：战争使传统精神大厦倒塌，新的精神家园又不知在何方。小说表现了一战后青年彷徨无主、无路可走的悲哀心态。

《永别了，武器》被公认为是反战的优秀作品。该小说消极、悲观色彩较为浓厚，反映了作者厌恶、反对帝国主义战争的情绪。海明威在小说中表达了对战争的看法：战争将人类笼罩在充满恶意的世界，人类无从逃逸。整部小说弥漫着宿命论的色彩，体现了海明威对人类处境的判断和担忧。

五、多元化时期的美国文学

20世纪为美国文学的空前繁荣和发展提供了充分的时间和空间，该文从背景、美国文学创作主题、社会文化和思想等方面展示了20世纪美国文学发展的主体特征——多元化。

"二战"以后美国小说经过五十五年的发展演变，已成为真正意义上独立的、具有强大生命力的民族文学。一个国家的民族文学与其政治变化、社会发展和经济状况有着十分密切的关系，20世纪初现实主义文学传统在继续延续的同时出现了一股新的文学思潮即现代主义。现代主义忠实直接客观地反映现实，把自我和现实社会的对立如实表现出来，而现代主义的表现对象是从外部的客观的物质世界转向内心的主观的精神世界，尽管在20世纪初至20年代，现代主义在美国大有形式主流趋势，但现实主义并没有完全消逝，实际上它与现代主义交叉出现错综并进，两种文学流派并行。

20世纪初，当第一次世界大战给美国文学带来震惊，苦闷和颓废的时候出现了"迷惘的一代"如海明威、帕索斯等，他们的作品中弥漫着对沉闷现实的消极抵抗；在"红色的30年代"现实主义作家受进步思潮的影响，加强了作品的批判性并大力描写无产阶级大众的生活和斗争。同时现代主义以及反传统的形象走向历史舞台，现代主义文学的反传统性激起了另一文学流派在美国芝加哥的崛起——意象派，这是一种反浪漫主义，反维多利亚浮夸之风的文学走向，给当时迷惑中的美国文学注入了生机，由于这一时期作家直接地忠实地暴露和反映社会问题，揭露和批评不合理的社会制度，这一时期的文学主流是现代主义和自然主义，此外它在反传统方面还具有显著的地域性特点，尤其是南方文学，与此同时美国的民族文学和妇女文学的发展也达到了历史上前所未有的高潮；"二战"后50年代出现了"垮掉的一代"，他们的作品描写暴力、吸毒、堕落、犯罪，否定一切伦理和理性，他们的口号是"对一切都摸摸底"，表现出一种局外人或边缘人对社会的感受，代表作品有阿仑·金斯堡（Aaron Ginsburg）的长诗《嚎叫》；60年代出现了"黑色幽默"小说和荒诞派戏剧，突出描写周围世界的荒谬和人在这种疯狂异化和绝望环境中的作家以一种无可奈何的嘲讽态度描写环境与个人的不协调，通过奇异的手法使读者感到愕然、新鲜、可笑并从中感悟，这期间的民族文学也争奇斗艳，白人主流文学外的犹太文学、黑人文学、墨西哥裔以及亚裔美国人文学都得到空前发展，这些作品大多已同化和怀旧为主题，描写在美国社会中的漂泊、疏远和无根基感，描写同化与保持民族特征的矛盾，此外在"少数群体"文学中突出的还有女性文学。

美国文学在当今世界文坛占举足轻重的地位，显然与美国在经济、政治、军事上的超级大国和西方资本主义世界的盟主地位分不开。美国国力强盛，有效地提携、促进了美国文学在国外的被接受。但是，美国文学得以大踏步走向世界，最根本的原因还在于美国文学本身的质量和实力。战后美国作家创作了大量思想内容深刻、艺术手法新颖的优秀作品，从而赢得世界各国读者的青睐。在这个时期里，美国文学经历了一个复杂多变的发展过程。在这个过程中，文学本体以外的各种现实的、历史的、政治的、文化的力量对文学发生影响，文学内部遵循自身规律，历经20世纪50年代的新旧交替、60年代的实验主义精神浸润、70年代至世纪末的多元化发展等阶段，形成了不同于以往历史时期的鲜明特色和特征。

第二章　英美文学翻译重点问题解析与研究

社会的大环境是处于不断的变化过程中的，并且不同国家之间的交流也日益紧密。对于不同的国家而言，他们在进行交流时所采用的主要方式就是语言，那么在不同国家的交流过程中，翻译也就成了一种必不可少的手段。显然，只有进行精准的翻译，国与国之间才能展开顺利交流。本章主要阐述了英美文学翻译过程中的基本理论，分析了其中存在的主要问题，总结了其中的阻碍因素，并对翻译的各种技巧进行了深入研究。

第一节　英美文学翻译的基本理论

一、英美文学翻译的语境文化理论

众所周知，作家都是在一定的背景以及环境中创作了经典的文学作品，可见文学作品能够很好地反映某个地区某个时代的发展状况以及思想和文化等。对于世界各国的人民而言，他们也能够通过文学作品来了解某个地区的发展以及时代背景等。这就对文学作品翻译的译者提出了很好的要求，它要求译者一定要掌握各种扎实的翻译技巧，同时要求译者要熟悉某个文学作品的创作背景，作品背后蕴含的文化内涵以及作品的创作风格和手段等。也就是说，译者在翻译文学作品时一定要熟悉和了解作品的语境因素，考虑其语境文化，这样译者翻译的文学作品才能够受到读者的认可，才能够更加准确地表达出原文作者的创作意图。

（一）语境文化简介

1. 语境文化的内涵

事实上，语境文化也是文化的重要组成部分，它涉及和包含的内容很多，如某一个特定地区人们的生活习惯、风俗文化以及历史、科技文明成果等。①
语言是每个人进行沟通和交流的重要工作，人们通过语言可以了解和接触其他
国家的文化以及文明等，因而可以说，语言表达的信息量是很大的。对于语言
的学习者而言，他们在学习语言基础知识的同时还需要了解语言背后的文化，
这样他们才可以准确地运用语言，理解这些语言表达的含义等。对于译者而
言，译者在翻译文学作品的过程中，不仅要熟悉原文语言的各种翻译技巧以及
策略，还要学习和探索原文语言的语境文化，这样他们的译作才能够被源语国
家的读者认可，他们才能够更加科学、准确地翻译原文。

2. 语境文化与英美文学翻译的联系

众所周知，西欧的很多国家都是沿海国家，这些国家的人们都是使用英语
进行交流。由于气候以及地理位置的差异造就了这些西方国家人们特殊的生活
方式以及思维方式，这也使这些使用英语语言的国家具有了独特的语境文化。
例如，在西方国家中，人们在使用英语表达自己的思想以及看法时擅于使用被
动句式，这主要是因为西方人善于使用理性的思维，他们敢于探索并乐于追求
科学。由此我们可以得出，译者在翻译一定语境中的文学作品时一定要考虑作
品的语境文化，这样才能够准确地表达出原文作者要表达的情感，才能够更加
深刻地刻画作品中的人物性格以及态度等。对于译者而言，他们在翻译英美文
学作品时，他们需要十分熟悉英美国家人们的语境文化，他们还需要熟悉中国
的语境文化，这样才能够游刃有余地开展翻译工作，才能够在汉语和英语这两
种语言中快速地转换，从而提升自身的翻译技巧，提升译文的翻译质量。

（二）英美文学翻译中原作者与译者的语境文化因素

世界上有很多不同的民族，各个民族使用不同的语言进行沟通和交流，因
而不同的国家以及民族就具有自己独特的语言体系和模式。例如有关礼貌的文
化，虽然不同的文化中有关礼貌的文化都有相似的地方，但是这些文化的差异
还是比较明显的。对于中国人而言，中国的历史以及地域特征决定了中国人崇
尚集体主义，而西方人则崇尚凸显个性。即使对于同一件事情，由于不同文化
背景的人接受了不同的文化，这些人看待同一件事情的看法也是不同的。在具
体的英美文学翻译中，译者既要考虑原著作者的写作风格、语境文化，还要准
确把握译文的翻译风格以及自身的语境文化等，从而综合考虑这些因素，其具
体包含如下几个方面的内容：

---

① 赵铮. 英美文学翻译中的语境文化因素［J］. 长江丛刊. 2018（35）.

1. 英美文学原著作者的语境文化因素

纵观英美文学作品可以发现，实际上有很多英美文学作品的内容描述实际上都和该作者的生活经验以及成长的环境有很大的关系。例如，罗伯特·彭斯（Robert Burns）是英国乃至世界上非常著名的田园诗人，他之所以能够写出那么多语言优美、让人心旷神怡的田园诗歌和他从小的生活经历以及环境有很大的关系。诗人彭斯小的时候就生活在英国的乡村，那里环境优美、景色秀丽，像一幅画一样，因而在诗人彭斯的诗歌中，我们可以看到他对田园风景的赞美与向往，也能够看到他对劳动人民的歌颂和赞扬。彭斯十分喜爱和向往这种无拘无束的自由生活方式。因而对于译者而言，当他们准备翻译一定背景的文学作品时，他们一定要先去了解作者的成长背景以及文化背景，即充分考虑作品作者的语境文化因素，同时巧妙地采用合适的翻译技巧，这样才能使翻译的作品更加符合原著的风格，才能增强文学作品的感染力，易于读者的理解和欣赏。

2. 英美文学作品译者的语境文化因素

对于译者而言，当他们在翻译一部文学作品时，他们除了需要了解原著作者的语境文化因素，他们还需要提升自身的语境文化水平，而不仅仅是简单地把一种语言转换层另外一种语言进行表述。如果译者自身的文化底蕴以及翻译策略比较欠缺，这样即使他已经十分熟悉原著作者的语境文化以及思想，他也很难准确、高品质地翻译原著作品。对于一部英美文学的翻译作品而言，译者不仅要用其他语言准确传递作者的思想，同时译者还要是译作具有较强的感染力，并提升译文的艺术性。由于每个译者的求学经历、成长环境以及个人素质不同，因而每个译者在翻译英美文学作品时也会用不同的遣词造句以及辞藻等，他们善于使用的翻译技巧也是不同的。因而不同的译者在翻译英美文学时也要考虑译者的语境文化因素，尽量使译文符合目的语国家人们的表达习惯。例如，在中国汉语的表达中，"吹牛"这个汉语词语的主要意思就是说大话、说话不着边际。然而当译者把这个词语翻译成英文时候，译者不能直译这个词语，而是根据词语的意思进行翻译，即译成英文为"talk horse"，这样的译文才更加准确、合理。

总而言之，在翻译某个时期的特定英美文学作品时候，译者需要提升自身的综合素质，需要学习和掌握原著作者的文化背景，并且把这种文化的理解融入译文中，从而更加准确地传递原著作者的情感，使每个目的语国家的读者都可以了解作者的真实情感和表述。除此之外，译者在翻译英美文学作品时还要调整自己的心态，打破自身固定的思维方式，要敢于突破自我，敢于从不同的视角分析和研究文学作品，这样译者才可以真正地从原著作者的角度出发来审视作品、翻译作品，最终提升翻译的成效和质量。

（三）英美文学作品翻译中读者语境文化因素

对于译者而言，他们在翻译国外优秀的文学作品的最终目的就是传播这些文学作品的文化和精神，因而译者在翻译时不仅要充分考虑语境文化的差异，同时翻译的译文还要符合目的语国家人们的语言使用习惯以及表达方式。

作为英美文学作品翻译的译者，他们在着手开始翻译文学作品时需要考虑多个方面的因素，第一，译者需要考虑原著作者的语境文化背景，第二，译者还需要考虑目的语国家的语境文化背景，这二者缺一不可。实际上，在我国很多译者的思想和观念中，他们认为翻译英美文学作品时应该较多地关注原著作品本身以及译者的综合素质，然而实际上，译者在翻译英美文学作品时除了要关注原著作品以及译者之外，译者还应该花费一定的时间和精力来关注原著作者的语境文化以及作者的成长经历等，译者应该从作者的视角来审视文学作品，从而从更深的层次来分析和理解作品。对于市面上出现的英美文学翻译作品，人们评价其翻译质量最主要的评判标准就是读者的阅读感受。如果读者对于译作有了比较好的阅读体验，那么这个作品才能够被广泛传播，如果作者没有获得良好的阅读体验和感受，这也会大大地阻碍翻译作品的传播。

因而从这个角度进行分析，译者选择好一部文学作品准备翻译时，译者第一步需要考虑的要点主要是：第一，这个英美文学作品大约适合什么年龄阶段的读者阅读；第二，这个英美文学作品大约适合哪种受教育水平以及生活背景的读者阅读等。译者只有在开展翻译工作之前确定了英美文学作品的阅读群体特征，译者才能够在具体的翻译中有的放矢地优化翻译的技巧等，从而使译文更加符合读者的阅读习惯。总而言之，一部文学作品只有被广大的读者喜爱和认可，那样的译作才算是翻译成功的译作。在翻译实践中，译者要意识到这些要素的重要性，要时刻学习和提升自身的翻译技巧，加强自身的语言以及文化知识储备，从而翻译更多优质的英美文学作品。

翻译英美文学作品并非一件容易的事，译者在翻译时需要兼顾很多方面的影响因素，这主要包括：第一，译者需要考虑英美文学原著的作者的语境文化；第二，译者需要考虑自身的语境文化；第三，译者需要考虑阅读以及学习这个文学作品的读者的语境文化。只有这样，译者翻译的英美文学作品才能够在保真原文的基础上也能够获得读者的认可，使译作更加具有感染力。

二、英美文学翻译的批评与赏析理论

(一) 翻译批评与赏析的内涵

"翻译批评"与"翻译批评与赏析"在翻译界是两个不同的术语，但是这二者表达的意思是一样的①。对于翻译批评而言，其研究的主体是同一作品不同版本的译作，其研究过程是对某一种翻译现象进行对比分析，其研究目的是为了形成一定的翻译理论性知识。

我们可以从《中国翻译词典》中②明确翻译批评的概念，所谓的翻译批评指的是按照一定的标准对译作进行的评价，一般而言，评价是从以下几个方面着手展开的。

翻译过程涉及多个对象，不仅包含译者，还包含作者与读者。对于文学作品而言，其拥有自身的魅力，所以开展翻译批评首先应该分析原作，这样就可以利于我们把握原作的思想与主旨，在研读原作的时候，我们就可以捕捉到西方文学中的一些要素，明确其框架，并逐步了解西方文学写作的一些方法等，这样就可以为文学批评的开展奠定良好的基础。

其次，在对译作进行分析的时候，应该综合考虑译者所用的翻译方法以及翻译原则等，并对读者的接受度进行调查。

然后，除了对译作的内容进行分析，我们还可以从译作的结构着手进行分析。因为语言是承载文学内容的载体，所以译者应该选择合适的语言去再现原作的人物形象。译作的语言风格是开展翻译批评的重要研究内容。

(二) 经典英美文学翻译批评与赏析的方法

1. 从修辞的角度分析

在文学作品中可以使用的修辞手段是非常多样的，比如明喻、转喻、夸张、对比等等。我们在分析不同译作的时候，也应该同时分析不同译者所运用的修辞手法，并且与原文进行对照，这样就可以分析不同译者对原文阐释手法的优劣。一方面，这可以让我们深入了解不同译者的语言偏好，还能让我们明确其中的精彩之处，另一方面，还可以让我们间接了解原作者的写作风格以及作者的风格等，这些都有助于我们对作品的进一步把握。

---

① 张万防，张亮平，翟长红．新思维英汉互译教程 [M]．武汉：华中科技大学出版社，2014：26.
② 林煌天，等．中国翻译词典 [M]．武汉：湖北教育出版社，1997：102.

《傲慢与偏见》（*Pride and Prejudice*）是简·奥斯汀的代表作，这也是一部经典之作，我们翻开这本书就可以明显感受到作者的幽默与风趣，以标题为例，显然就利用了压头韵的方式。从具体的遣词造句上来说，作者所用的都是一些比较通俗易懂的词汇，并且极具有可读性。

奥斯汀非常善于运用反讽艺术，这也在《傲慢与偏见》中得到了淋漓尽致的体现，在进行翻译质量的比较时，显然就应该考核译作对这种修辞手法的翻译，如果译作没有将这种反讽的意味体现出来，那么显然就是失败的翻译。

2. 从人物语言的角度分析

对于作家来说他们在刻画人物的时候有很多不同的手段，其中，人物语言是作家经常用到的手法，并且这也是烘托人物性格的重要手法，在我们读过的很多的优秀作品中，人物语言都对烘托作品起到了关键作用。我们还是以《傲慢与偏见》为例进行分析。在作品中，作者提出了两个不同的人物，分别是"扁形人物"和"圆形人物"

对于前者，其最突出的代表人物是 Mrs. Benet，在烘托人物形象的时候，有时候并不需要进行大篇幅的介绍，仅仅需要几句话就可以将作品中的人物形象刻画得淋漓尽致。在小说的第一章中，奥斯汀首先安排的出场人物就是 Mrs. Benet，我们仅阅读几句话，就可以明白 Mrs. Benet 的人物性格，可以看出，译作不仅仅能直接再现原作的一些细节，还能进一步突出人物的特征以及性格等。

再以 The Watery Place 为例分析，这个故事中的主人公与外星人是不同群体的代表。卡默伦是本故事中的主要人物，他是一个比较随意无拘无束的人，在与其他人进行交谈的时候，他多使用一些简单的句式以及口语化的表达方式，并且使用了大量的缩略句。但是故事中外星人则是智慧的象征，它与前者显然形成了鲜明的对比，可以看出外星人的语言表达多用的是复杂句式，句子非常长，那些用来表示礼貌的话语多使用 If 句式，从而传达出外星人的高修养。

译者在接触此类译作时，该用何种方式来呈现人物性格呢？显然，选择不同的方式就会产生不同的效应，这显然也会对原作的风格传达起到不同的作用。所以，在进行文学批评与赏析的时候，我们应该赞扬那些能精准传达出原作风格的作品，并从中感悟到一定的美感。

最后，我们还应该从读者的角度出发进行分析。对于不同的译者，他们所处的时代背景、人生经历等都是有差异的，囿于他们自身的限制，其翻译能力也有高下之别，在进行英美文学评的时候，我们还应该对译者进行分析，明确他们所处的时代背景之后再进行评判。

无论如何，不同的文学作品具有其自身的特色，在进行批评的时候我们应该深入挖掘作品的价值，通过前面的分析，我们明确翻译的要点不仅仅是进行故事情节的转述或者是对原文语言修辞手法的传达，更多的则应该是对作品中人物形象以及作品主旨进行精准传达。在进行文学赏析的时候，我们应该深入问题的本质，从作品语言的出发，分析作者的内心，体会到作者所要传达的情感。通过对不同的文本进行分析，我们可以总结出文学批评的赏析技巧从而形成我们自己的文学赏析方法。

第二节　基于跨文化背景下的英美文学翻译问题与对策探索

一、基于跨文化背景下的英美文学翻译的问题

（一）英美文学翻译中的文化差异现象

1. 文化误译现象

一般而言，文化误译产生的根源是存在文化误读，因为不同国家的文化是不同的，甚至会有一些差异，这就会让不懂文化差异的人产生误读现象。

2. 翻译空缺现象

任何语言之间的交际都可能不是完全对等的，这就会出现翻译空缺，并且英汉语言所属的语系不同，这就使得翻译中的空缺现象格外明显。在英教学过程中，教师就应该提醒学生注意翻译空缺现象。

（二）英语教师的文化意识淡薄

文化翻译教学的效果与教师的作用密切相关，在当前的英语翻译教学中，教师将主要的精力都用在了语法以及词汇等知识的讲解上，并没有涉及文化，导致这一问题产生的原因是很多的，比如教师自身在学习的时候就是学的"骨架知识"教学体系，这也导致其观念难以及时得到转变。

在英语翻译教学的过程中，大多数教师都侧重对词汇以及语法的讲解，但是往往忽略了跨文化内容的讲述，这使得英汉文化知识的渗透极为有限，并缺乏条理性。除此之外，我国教师也是在母语大环境下学习英语的，所以他们掌握的跨文化知识或许并不全面，并且由于他们的教学任务是比较重的，所以难以将更多的精力用在跨文化教学上。

（三）学生缺乏跨文化交际意识

在当前的形势下，我国学生学习英语的主要目的就是为了通过考试，在这种思想的指导下，学生文化知识的学习意识是比较淡薄的，认为文化的学习非常浪费精力，也无法快速提高自己的成绩。有些学生尽管能够在考试中获得很高的分数，但是却依然无法将理论知识运用到实践中。

二、基于跨文化背景下的英美文学翻译问题的对策

虽然我国部分高校开设了有关英美文学翻译的教学课程，然而这些高校的教师在实际的授课过程中还是面临了很多严峻的问题，这些问题具体表现在如下几个方面：第一，很多高校的英美文学翻译课程教学并没有十分明确的教学目标，学校安排的教学课时也十分有限；第二，很多高校的英美文学翻译教学依然采用传统的教学模式，缺乏专业的授课教师等。因此，这也为我国高校的教学改革提出了巨大的挑战。其改革的具体措施如下。

（一）注重思维模式差异

教师应该注重学生跨文化能力的培养，并让学生能意识到东西文化的差异，并明确不同民族人们思维方式的差别。

很显然，在不同的文化背景下，人的思维模式是不同的，并且处于同一地区的人们的思维模式也会产生些许的变化。那么，我们和西方人的思维方式是存在很大的差异的，在学习的时候，我们往往仅仅重视自己的本民族文化，但是却忽略了其他国家的文化，但是随着社会的进一步发展以及不同国家间交往的日益加剧，当前的教学模式必然会发生改变，所以，教师就应该让学生意识到不同的思维模式。

随着西方工业的快速发展，他们逐步产生了"尚思"的传统文化，但是与他们的思想不同，我国人民更加认同"尚象"的传统。所以，译者在进行翻译的时候，就可以将其中的一些概念进行抽象。

在英语文化中，back 一般指的是已经过去的时光，但是我国在表述已经逝去的年代时，用的是"前"，比如"前朝往事"，我们用"后"表示后来会发生的事情，我们可以看出，中西方文化在思维方式上还是存在很大差异的。所以，学生应该明确不同思维的差异，从而在翻译的时候能做到兼顾。

（二）提高学生对不同文化背景下中西方生活环境以及经验的重视

处于不同生态环境下人们的语言也会有所不同，以我国为例，不同的地区

有不同的方言，甚至在见面时他们所探讨的话题也不一样，要是将这个范围扩大到其他国家，这一现象就会更加明显。英国处于西半球，他们的气候受海洋的影响最大，所以他们见面时讨论的一般都是天气如何，但是我国传统的农耕文明使得我们见面探讨的问题多数与吃饭有关，所以，教师在开展翻译教学的时候，就应该重视不同地区人们生活的环境，并且学生也应该将自己代入具体的情境中，逐步提高自己对文化的认知能力。

另一方面，生活经验的不同也会影响学生跨文化交际能力的养成，如 to meet one's Waterloo，如果将其翻译成"遭遇滑铁卢"则比将其翻译成"遭遇失败"更符合西方人的思维方式。

在具体的教学实践中，学生的翻译能力如何最能体现出学生的跨文化交际能力，所以学生应该重视不同文化背景下人们的生活经验，并不断提高自己的翻译能力。

（三）在英美文学翻译教学中应明确教学的目标和方向

众所周知，高校开设翻译教学的最主要目的就是为了培养大学生具备较强的跨文化交际能力，使学生能够学以致用。对于高校而言，高校不仅要培养学生掌握扎实的英美文学理论知识以及翻译技巧，高校还要教会学生在实践中运用这些知识和技巧，从而提升学生的综合素质，为社会的发展培养更多翻译人才。众所周知，21 世纪是一个信息时代，中国与世界各国的交往变得越来越密切，因而翻译人才的培养就显得非常重要。

（四）在英美文学翻译教学中应合理安排教学内容

随着信息技术的快速发展，人们在生活中有越来越多的途径可以获取自己需要的信息资源，这也对英美文学的翻译教学提出了较高的要求，即高校要跟随时代的进步脚步，不断更新和完善高校英美文学翻译教学的内容，从而使内容贴近学生的日常生活，提升教学内容的实用性。此外，教师在讲授教学内容的时候应该遵循一定的教学原则，如循序渐进的原则以及因材施教的原则等，这样才可以提升学生的学习积极性和自信心。在现代社会中，学生的信息渠道非常广泛，因而教师不仅要注重课堂的知识讲授，还要重视补充学生的课外知识，拓宽学生的视野以及眼界，为其将来的翻译工作奠定坚实的理论基础。

（五）在英美文学翻译教学中应改进教学的模式

随着越来越多的现代先进技术应用到教学中，我国传统的课堂教学模式的弊端日益凸显。在现代教育技术的辅助下，高校的教师在教学中应该和学生建立新型的师生关系，从而改善教师和学生之间交流与互动的方式。当学生在学习中遇到难以解决的问题时，教师可以通过多种渠道帮助学生解决问题，如使用微信平台以及网络平台等。除此之外，在教学实践中，教师还应该意识到，学生个体之间存在差异，每个学生都是不同的，因而教师要重视培养学生的个性，使每个学生都能够看到自身的闪光点，正视自身的缺点，从而使每个学生都能够获得全面的发展。在日常的教学中，教师应该转变自身的角色，成为学生学习的引导者以及监督者，让学生成为学习的主人。这样也能够大幅度提升学生学习的积极性和热情。目前，在我国很多高校的英美文学翻译教学模式中，运用最多的教学模式就是工作坊模式，这种模式比较新颖，具有很多突出的优点。通常在工作坊教学模式中，教师会把学生分成不同的小组，然后每个小组都会得到一个实验项目，教师会引导每个组的学生合作完成一定的实验项目。教师把这种新颖的教学模式应用到英美文学翻译教学中能够取得显著的教学成效。

（六）在英美文学翻译教学中应注重新的翻译方法和技巧

我国很多高校都开设了英美文学翻译的教学课程，这具有重要的意义，然而在教学实践中，我国的英美文学翻译教学还出现了很多的教学问题，这就要求高校要不断探索全新的教学方式以及翻译策略等，从而提升高校的英美文学翻译教学实效。通常情况下，人们翻译英美文学作品应用最多的策略就是直译法、意译法等，这些翻译策略的应用范围十分广泛。在教学实践中，教师一定要向学生强调，虽然学生在翻译英美文学作品时可以采用不同的翻译策略，但是每种翻译策略的优缺点是不同的，因而教师要引导学生在翻译实践中合理地选择翻译策略，从而提升翻译的质量。

总而言之，我国高校的英美文学翻译教学在教学实践中面临诸多严峻的问题，这些问题的解决关系到英美文学翻译的发展，因而高校应该采取必要的措施来提升和改善我国的英美文学翻译教学，最终为社会的发展培养出更多的专业翻译人才。因而目前在我国很多高校的英美文学翻译教学中，教师要敢于推陈出新，要不断学习新的知识和技能，从而改善教学的质量。具体分析而言，教师要敢于在教学中尝试新的教学方法，从而提升学生的学习兴趣，使学生乐于学习英美文学的翻译策略和技巧，使学生愿意主动学习英美文学的相关知识等。实际上，教师除了要不断完善和改进英美文学的教学方法、策略之外，高校以及教师还需要不断调整高校的英美文学翻译教学目标，这也是一个很重要的环节。教学目标的制定以及明确关系到教师和学生努力的方向，高校应该重视这个步骤。高校还要根据时代的发展步伐不断丰富英美文学的教学内容，更新教学的内容，使内容更加贴近学生的日常生活，提升教学内容的实用性。总而言之，高校应该从多个方面努力来提升英美文学翻译的教学质量，从而为社会以及国家的发展培养更多的优秀翻译人才，最终增强我国的综合实力。

第三节　英美文学翻译的技巧分析

一、英美文学翻译的归化与异化技巧

众所周知，世界上有很多中不同的民族和国家，这些不同的民族和国家使用不同的语言，而且这些语言的背后都能够反映不同的文化以及习俗等。对于从事翻译工作的译者而言，他们在翻译作品的过程实际上就是在传播不同的文化，因而在英美文学的翻译实践中，译者通常都会采用一些翻译策略，其中译者使用最广泛的翻译策略就是归化和异化策略。

（一）归化与异化概述

1. 归化策略

如果源语的相关内容可以省略时就可以采用归化的方式进行翻译，在运用该策略的时候，可让读者更好理解原文内容。例如：

谋事在人，成事在天。

Man proposes, Heaven disposes. （杨宪益、戴乃迭译）

Man proposes, God disposes. （霍克斯译）

我们可以发现原文是非常具有自己的特点的，在翻译的时候，译本使用的是对仗的形式，但是分析译文却可以发现他们在对"天"的表述上存在差异。Heaven 是杨宪益夫妇对"天"的翻译，这显然符合中国的文化色彩；与杨宪益夫妇不同，霍克斯在翻译的时候则深入考虑了译入语读者对原文的接受程度，将其翻译为 God。这种差别是由不同的译者采用了不同的翻译对策导致的。

2. 异化策略

译者在翻译的时候，应该尽量将原文中的文化意象保留住，这样才能全面反映出作者的观点。不同国家与地区的人们语言是不同的，同时，他们思考的方式也是不同的，面对这些不同，在翻译的时候，我们就可以采用异化方式，这样就能让读者更好地理解原文内容。

可以看出，异化翻译策略的运用也是非常广泛的，采用该种对策后，读者能明确英文表达方式的多样性。

3. 归异互补策略

在进行文化翻译时，译者可以采用两种主要的策略，一种是归化，一种是异化。这两者是不同的，他们都有自己适合的使用范围，但是对于一些文本来说，如果仅仅采用一种翻译策略显然是行不通的，译者就需要灵活采用多种方法。

对于译者而言，就应该对不同的翻译对策有全面的把握，也应该结合不同翻译对策的优劣势灵活使用。对于译者来说，在翻译之初就应该对原文形成清晰的认知，然后从翻译的目的以及作者的意图等层面出发选择合适的翻译策略。在具体翻译的时候，应该以异化的方式为主。一般而言，翻译的要点可以为总结如下几个方面：

（1）在翻译的时候，译者应该多秉承异化的翻译原则，只有这样，才能精准传神地表达出原作的意思。所以，在进行文化翻译的时候，译者如果感觉采用异化翻译能实现意义的自由转换，那么就可以采用异化策略。

（2）如果仅仅采用异化策略但是却无法将原文的意思做到全面转达时，译者就需要将其与归化策略结合起来使用。

（3）如果囿于原文的限制，译者也可以不使用异化的对策，而是采用规划的方式，这样也可以表达其意义。

总的来说，译者在处理这二者的关系时，就需要根据原文的情况做出正确处理，如果选择了异化的策略，就要保证译文能准确传达出原作的内涵；如果采用了归化的翻译对策，就应该使得译文与原文的风格对等。

需要指出的是，就算是在同一篇文章中，译者所采用的翻译策略也不具有单一性，译者可以根据文本的需要灵活选择翻译对策，如果遇到一些可能会产生文化冲突的问题，此时就应该高度重视，调动自己的跨文化背景知识，从而采用合适的对策进行翻译。

（二）文学翻译对于归化与异化方法的需要

我们都知道，文学翻译是一门比较具有特殊性的艺术，[①] 是在文化的范围内所进行的不一样的语言和不一样的社会文化交流的工具，主要就是为了促进语言和文化的发展，与此同时，还要把原来文本的语言和文化的特点都展现出

---

① 徐维. 文学翻译：特殊的艺术再创作 [J]. 合肥工业大学学报（社会科学版），2005（2）.

来。换句话说，文学翻译受到两种目标的限制，非常需要归化和异化的方式，详细地说来，主要包括这样几个方面：

1. 对审美角度进行审视

在进行文学翻译的时候，所使用的语言既要关注交流沟通的目的性，又要关注美学的特点。茅盾先生曾经说过，所谓的文学翻译指的是使用不同的语言把相同的艺术展现出来，当然，在这个过程中可以适当地进行变通，使读者在阅读翻译出来的文本的时候可以有更美的享受。文学翻译比较重视描述人物的性格特点和感情的表达，既要把原来文本的艺术的美再次表现出来，又要把创造性的劳动用于文学翻译活动之中。

2. 形象性的需要

文学语言有一个非常本质化的特点就是形象性，换句话说就是在进行表述的时候，使用语言来对形态进行较为鲜明的描述，这样的描述非常生动和形象。文学翻译工作就是再创造的过程，进而进行比较生动的艺术化的传播。我们站在诠释学的视角来对文学翻译进行解读，实际上，文学翻译的实质就是对原来文本的内涵进行一定的诠释和转换，比较明显的外在的体现就是对形象转换的方式进行重新塑造，翻译人员在进行翻译的时候要使用比较形象化的翻译语言来开展翻译工作。文学翻译中，翻译人员的思维方式是比较独特的，还要使用目标语言对原文本的艺术形象进行再次展现，这对翻译的最终效果具有决定性的作用。归化和异化的翻译方法有助于翻译的效果更好。

3. 局限性带来的必然

文学翻译和文学创作是不一样的，其需要权衡各种各样的因素。对英美文学进行翻译的时候，由于英语和汉语在很多方面都存在不同之处，就会出现各种各样的翻译难题，这一点必须引起翻译人员的高度重视，对归化和异化进行综合性的考虑。

（三）归化和异化在英美文学翻译中是综合运用

劳伦斯·韦努迪是美国比较知名的翻译理论的研究人员，其是第一个提出异化与归化概念的人。[①] 实际上，在翻译的时候，归化和异化的侧重点是不一样的。归化强调的重点是目标语言和文化尽可能的相符合，这样翻译出来的文本才能让读者更容易理解。异化强调的重点是原来文本的语言，这样的话，可以把原来文本的语言的文化背景很好地保留下来。在对英美文学进行翻译的时候，纯粹的归化和纯粹的异化是没有的。文学的翻译既需要和原文本的思想相

---

① 肖琴. 归化与异化起源与发展 [J]. 福建质量管理, 2017 (6).

一致，还要有一定的个性特点，让读者更容易地解读文本。所以，在进行翻译的时候，翻译人员一定会用到归化和异化。在这个过程中，翻译人员需要不断突破原文本的局限，还要综合考虑读者的需要，对归化和异化策略进行创造性运用。

二、英美文学的不对等性翻译技巧研究

（一）中西方文化之间存在的差异性

1. 文化风俗的差异性

从地理位置上看，我国和西方国家在地球上的位置不同，气候以及外部环境等存在差异，在长期的生活过程中，我们的文化底蕴以及宗教信仰等也有很大差异，这些都对人们的思想产生了重大的影响。

那么，译者在工作的时候就应该看到不同民族之间的差异，在翻译的时候就应该采用合适的翻译方法对作品进行翻译，只有这样才能做到对原文的精准转译，从而呈现给读者更好的作品。

比如，英文中的"old"与我国的"老"的含义是有些许区别的，在英语中，存在一词多义的现象，在不同的语境下，"old"这个词就会呈现出不同的意思，有时可以表示年纪大的意思，有时又可以表示落后的意思，在表示落后意思时，还带有一定的贬义。但是在我国，"老"指人的年纪大，有尊重的意味。

所以，在翻译英美文学作品的时候，译者应该注意分析词语的意思，并应该将原作中的句型翻译出来，否则就会让读者感到困惑。由于两国之间的文化背景不同，译者就需要切实了解不同国家的文化背景与差异，在翻译英美文学的时候，我们应该将作品中的文化呈现出来，只有真正明确不同文化之间的差异，译者在翻译的时候才能采用合适的方法，从而有助于读者更好的理解异域文化。

2. 传统价值观的差异性

处于不同文化背景下的人，其价值观念是存在差异的。在我国，人们更加推崇集体，认为应该舍小家顾大家，但是在西方，他们却更注重自身的发展。不同的人其价值观是有差异的，我们可以从他们对世界的看法等方面总结出这个人的价值观。但是，价值观念的差异也给翻译带来了一定的难度，要想精准地将价值观传达出来，显然并不容易。

价值观念的不同也会影响人们的审美，在翻译英美文学作品的时候，译者

需要将原文的内容转译出来，但是还应该将其中蕴含的文化价值观念转译出来，让读者能明确文本背后的文化背景。

在翻译英美文学作品的时候，应该对作品所属的国家进行分析，逐步了解作品的语言环境，从而确保在翻译的时候不会有所欠缺。只有译者将原作精准地传达出来，才能避免读者产生理解偏差，如果翻译人员在翻译的时候没有重视分析作品的创作背景，就会与原作的价值观有偏差，这样也不利于读者对原作的理解。

3. 思维模式上的差异性

从某种程度上来说，我们可以借助文学作品去了解作者的思维。作者在写作的时候是按照一定的模式对文章进行布局的，作者的思维不仅受外部环境的影响，还受自己知识面的限制。

在翻译作品的时候，需要译者运用自己的思维对文章进行谋篇布局。我们知道，文学作品的产生与作者所处的时代、作者的经历等密切相关，当然，作者的价值观念以及思维模式等也会对其创作产生一定的影响。对于译者来说，其工作就是对文学作品进行再加工，不同的译者拥有不同的成长经历，他们对作品的理解显然是有差异的，在翻译作品的时候，他们所用的思维模式也是各不相同的，为了让翻译更为准确，译者就需要合理处理好文化差异的影响，从而让翻译后的内容尽量与原作保持高度统一。

(二) 英美文学作品翻译中存在的不对等性

1. 英美文学作品中以古希腊、古罗马神话居多

在西方文化的发展进程中，古罗马以及古希腊的文化对其发展起到了很大的推动作用，众所周知，古希腊的文化曾经非常绚烂，古罗马的领土面积也曾经非常广大，其文化都有浓浓的宗教意味。随着文艺复兴的发展，人们的目光逐步从宗教转移到了人的身上，但是一些经典的文学作品中依然印有古文化的印记。

所以，在翻译文学作品的时候，翻译人员应该重视对西方神话故事的翻译，并将这种翻译技巧运用到文学作品的翻译中。通过阅读莎士比亚的作品，我们可以看出其中带有浓厚的神话色彩，那么译者要想翻译其作品，就应该对那些神话故事有深入的了解，只有如此才能将作品中的特色翻译出来。①

2. 基督教对英美文学作品的影响很深刻

西方很多国家的人们都有一个共同的宗教信仰，那就是基督教，在西方国

---

① 刘君莉. 英美文学作品翻译中的不对等性探索 [J]. 年轻人，2019 (39).

家，《圣经》得到了广为流传，① 并且对西方的文化产生了深远的影响，在很多的文学作品中，我们都可以找到《圣经》的影子。所以，译者就应该充分了解西方的宗教文化，从而避免误译。

通过阅读我们可以总结出英美戏剧与诗歌的语用特点，那就是简单明了，但是在翻译的时候我们并不能单纯进行直译，而是应该深入作品内部，分析其深层次的内涵。在很多的作品中，我们都会看到其中有一些来自《圣经》的话，如果我们在翻译的时候不稍加注意，就会将其忽略。

在翻译的时候，翻译人员就应该充分了解不同作品所处的历史背景，这样才能对其文化内涵有更深入地认知，才能将原作的内涵与文化转译出来，这显然也对翻译人员的文化素养提出了更高的要求。

文化是不同社会环境下的产物，而文学作品则是这些文化的一种具体的呈现方式，我们所看到的这些文学作品都是在特定的历史背景下产生的，翻译人员也不应该割舍掉文化与作品之间的内在联系。

（三）英美文学作品翻译的可行性策略分析

1. 以读者文化为中心，缩小中西方文化的差异性

在不同的文化背景下，文学作品的特点必然是不同的；对于不同的翻译人员而言，他们所翻译的作品也必然会存在差异。从本质上来说，翻译也是一种再创作的过程，如果在翻译时翻译人员对中西文化差异没有深刻地认知，显然就会影响他们翻译水平的发挥，也无法为读者提供高质量的译作。

在翻译文学作品的时候，译者一定要树立以读者为中心的理念，因为翻译的目的就是为了让读者更好地了解外国文学作品。对于本国的文学作品，读者可以做到无障碍阅读，但是对于外国的文学作品却有很多读者囿于自身语言水平无法进行顺利阅读，那么翻译人员就应该立足读者需求，为读者翻译出更多更好的作品。

2. 尊重中西方文化上的差异

不同的民族文化并不是瞬间形成的，而是受不同的历史事件影响的，不同民族的文化是不同的，但是这种差异并不能用来区分文化的优劣，不同的文化都有其优秀的一面，在国际交往中，我们也不应该看轻其他国家的文化，而是应该做到尊重文化差异。译者在进行翻译的时候也应该遵循这一原则。我们可以把文学作品看作思想的载体，文学作品是反映社会情况的镜子，有些作品是

---

① 李尚凤. 母亲身份和多面形象的跨文化对比——以壮英信仰中的女性人物为例 [J]. 广西教育学院学报，2018（2）.

用来批判现实的，有些作品则仅仅是为了表达个人的愿景。

译者在翻译文学作品的时候，应该对作品的内涵有深入的了解，如果他们没有将原作中的思想内涵传达出来，则就会让作品失去魅力，也无法让我国的读者领略到西方文学的美感与精髓。

在进行翻译的过程中，译者应该明确东西方文化的差异，充分尊重西方文化，尽量将作品真实再现出来，除此之外，还应该将作品背后的文化翻译出来，这样才能让东西文化实现顺利交流。

3. 不断提高翻译人员自身的文化素养

并不是所有的懂英语的人都能将作品翻译好，译者的文化素养显然也将会对其翻译产生重要影响，他们不仅需要对作品所处国家的文化有深入认知，还需要感悟作者的思想情感，明确作品背后所传达出的感情，如果不了解作者的创作背景，就不利于自己理解作品的内涵，也会影响作品的翻译。

《唐·吉诃德》在西方广受关注，在中国，这本书也得到了广泛流传，在众多的译本中，杨绛先生的翻译是很出彩的，这是因为不仅杨绛先生有深厚的文化底蕴，同时她对西方社会有更加深入的了解，所以她才能将作品传神地翻译出来，并且也没有忽略其背后的文化。

译者在翻译文学作品的时候，应该秉承严谨负责的态度，不仅仅是将作品的字面意思翻译出来，还应该明确其背后的文化知识。所以，译者就应该多读书、广涉猎，逐步提高自己的文化素养以及知识面，这样才能为翻译工作的顺利开展打好基础。

随着经济全球化的进一步加剧，世界各国之间的文化得到了顺利传播，我国的一些优秀作品也被翻译成各国文字，当然，也有更多的英美文学作品被翻译成中文，毕竟中西文化是存在差异的，所以英美文学作品的翻译也是存在一定的难度的。

对于翻译人员来说，他们在翻译作品的时候一定要立足作品的创作背景，深刻体味作者的思想感情，同时应该综合运用各种翻译技巧，从而逐步消除文化差异带给人们的误导，这样读者就可以通过翻译作品去了解西方文化。

译者在翻译的时候应该尽可能地提高译作质量，将作品中蕴含的文化精准地翻译出来，这不仅需要译者精通两国语言，还需要他们有极高的文学素养，这样才能为读者提供更高质量的译文。

三、英美文学作品文本翻译的价值与技巧

(一) 英美文学作品的文本翻译价值分析

对于英文文学作品来说其价值主要体现在美学方面，在翻译文学作品的时候，译者不能将翻译简单看作不同语言的简单转换，而应该对作品内涵进行进一步的探索与展现。

不同类型的作品，其表现的方式是不同的，作者在创作过程中也存在思想以及表现的差异。这些细节方面的问题显然会在一定程度上增加作品翻译的难度，但是也正因为如此，文学作品的翻译才更为关注翻译美学价值的实现，也使得某一作品得以在世界范围内得以大规模传播。

在文学作品的翻译中，对美学价值的追求在散文以及诗歌中表现得非常明显。在一般的情况下，不同的作家都会在长期的写作过程中形成自己的风格，有些作者的作品让人读来是气势勃勃的，而有些作者的作品则让人感觉很细腻，在不同翻译风格的支撑下，作品的美学价值都能得到进一步展现。

译者在对作品进行翻译的时候除了应该重视对原文思想的传达，还应该结合自身的风格对作品进行二次创作，这不仅可以提高译作的感染力，还能获得广大读者的认同并将原作的内涵传达出来。

在阅读不同作品的时候我们都可以感受到作品中的意境美，那么在翻译的时候我们也应该注重表达作品的意境，通过将意境转译出来从而能让读者获得思想上的共鸣。

在大多数情况下，文学作品的创作就是作者通过作品将自身的看法传达出来，这样就可以对读者产生一定的影响，书中传达的优良精神也必将会为起到辅助社会精神文明建设的作用。

译者在翻译的时候首先应该对原文进行通读、细读；接着就应该选择合适的词语对原作进行转译，在转译的过程中也可以将自身的翻译风格融入其中，从而增强作品的审美价值；最后，译者还应该将原作的精神内涵转译出来，从而让该作品能得到大规模传播。

(二) 英美文学作品的文本翻译技巧研究

1. 了解中西方文化价值的差异

不同的国家其文化底蕴不同，在不同地理条件的限制下，不同国家的人们选择了不同的劳动方式，比如有些国家的人们擅长耕种，有些国家的人们则更

擅长捕鱼，这些都是不同民族特色的具体体现，语言也能承载一定的文化意义，并对文化本身产生一定的影响。

语言的发展会对文化产生深入的影响，并且其发展是立足本民族的。同时，某一民族文化的发展也呈现出了持久性与稳定性的特点，并且会对语言的形式以及习惯等产生深远影响。

要想切实做好英美文学的翻译，就应该对一国的文化背景等有深入的认知，这主要是因为转译的过程毕竟是跨文化的过程，所以我们就应该将不同文化的语言形式进行重组，要想做好语言的转换工作就应该对两个国家的文化都有深入的认知。

在翻译文学作品的时候，译者就应该提前深入分析中西文化差异，明确不同文化差异产生的根源，尽量避免误译等。

2. 掌握英美文学作品中文本翻译的基本方法

在进行翻译的过程中，译者应该掌握翻译的基本方法，只有如此才能将译文处理得更为恰当，下面我们对一些主要的翻译方法进行逐一分析。

（1）直译法

在翻译中最常用到的方法就是直译法。这样可以将原文的意思直接转换出来，是翻译中最为简洁的方式。在采用直译法的时候，读者可以对照原文进行赏析，可以更加明确原作的内涵，同时也可以感受到作者所营造的意境。①

（2）意译法

在英美文学作品中，一些内容与西方的民俗有关，但是在我国却没有这种习俗，为了让读者能明白作者的意思，就需要运用意译的方式，这样不仅可以保留原来的意思，还能强化翻译效果。

（3）增译法

在原作中，有时候作者会省略部分不必要解释的内容，因为有些内容对于本民族的人来说是不需要解释的，译者在翻译的时候就应该充分了解中西文化差异，将这些省略的内容补充出来，对作品进行二度修饰。译者在翻译的时候不能画蛇添足，而是应该采用注释的方式，让读者能对此有明确的了解。

（4）套译法

在翻译的时候，译者有时候会用到套译法，② 译者完全可以借助汉语中与之相对应的信息对原文进行翻译，这也是译者经常使用的一种翻译技巧。

可以看出，不同民族的文化是不同的，所以译者在进行翻译的时候就应该

---

① 何家宁，刘绍龙，陈伟. 英汉词语互译研究 ［M］. 武汉：武汉大学出版社，2009：185.
② 刘振前，黄德新. 经贸英语翻译与写作 上 ［M］. 济南：山东教育出版社，1996：125.

强化文化意识，对文学作品进行合理翻译。在翻译的时候也不需要拘泥于一种翻译方式，而是可以综合使用多种翻译方法，这样就可以提高翻译的效果。

3. 文学作品中的内部含意处理

在文学语言中，有很多含蓄的表达方式，译者就应该深入分析作者背后所传达的隐含意图，对于翻译人员而言，就应该立足原文，深入分析原作的语境，从而选择合适的翻译方式，让读者能全方位地把握原文，在转译的时候，就可以采用直译的方式，将原文中的意思传达出来，让读者能发挥自己的想象对原文内容进行深入分析。译者应该注意以下几个方面。

（1）把握好直译与意译的度

我们应该明确，翻译方法是没有优劣之分的，一个优秀的译者需要根据不同的语境对此进行判断，在一般的情况下，教师在教学的时候应该进行直译法教学，这样能让学生翻译方法有逐步深入的认知。

（2）以读者为中心

进行翻译的目的是为了让读者阅读外国作品，所以译者在翻译的时候应该秉承以读者为中心的原则，在分析原作及其文化背景的基础上选择合适的方式将其传达出来。在当下，有些翻译并没有凸显出本土化的特色，这也让译文失去了自己的特色，很显然，没有文化底蕴的作品是不能获得广泛传播的。对于译者来说，在翻译英美文学作品的时候，就应该立足英美文化背景并与本国文化做到良好结合，从而将作品准确、传神地翻译出来。

（3）尽量保留原作写作风格

译者在翻译作品的时候应该尊重原作者，并应该尽量将原作者的真实意图翻译出来。译者不仅需要了解原作者的人生经历还应该明确其生活的背景，这样才能使其对整部作品有更为深入的认知。

第三章 英美生态文学重点问题解析与研究

在全球生态危机的背景下，人们对当前居住环境的生态有了更为深入的认知，毕竟环境的污染人们感同身受，人类也对未来有了更多的担忧，反映到文学领域，许多作家都在文中表达了自己的一些感想，并且希望环境问题能够引起人们的重视，并实现人与自然的和谐发展。

第一节 生态文学概述

一、生态文学的主要意象

（一）自然的涌现与灵魂的守护

对于生态问题，其中最为主要的就是人与自然的关系，在生态文学中，作为实体的自然现象的描写占据了重要的地位，并且这些意象也反映出了自己独有的价值。每当我们说起自然，重视会联想到大地、自由、生命以及野性等。对于自然而言，其不仅展示出了自己的内涵与价值，并且还展示出了极强的包容性，从而包容了不同生命体的成长。

生命的启程与回归都需要在自然界中完成，显然自然界是承载所有生物生命活动的载体，在长期的活动中，人类的文明也得以逐步产生。自然在人类的物质与精神生活中一直占据着重要位置，并且与人类的生存紧紧结合在一起。对于最早的文学，也是人类在与自然界的斗争中逐步产生的，随着人类对自然研究的逐步人深入，生态化写作也变得逐步成熟。

我们可以把自然看成是一种独特的文化符号，这一符号为人类的诗意化生存提供了可以栖息的土壤。作家在进行写作的时候往往会描述自己的故乡、土地并阐述其中的血脉联系，以审美批评的目光让我们发现自然生态意象的新表现形式。随着历史的演进，我们需要不断拓展自己原有的认知，在面对现实的焦虑时，应该对现存的生命状态产生一些新的憧憬与希望，显然这是人类永远的乡愁之所在。

（二）田园与荒野的诗意向往

在自然界的各种具象中，田园与荒野显然是非常典型的，在人类长期的实践过程中，人类对自然界有了更为深入的了解，在进行田园与荒野的描述时，就可以让读者产生一种无法抗拒的回归感。此处所指的田园往往是那些还没有被工业化生产所污染的地区。

对于生态文学作家而言，他们往往会有一些自己钟情的对象，比如田园与荒野，在这里，田园与荒野就逐步成了一种独特的文化符号，并且让文学凸显出了一定的怀旧意识以及自然意识等。或许有读者会好奇，传统乡土文学是不是属于生态文学呢，答案显然是否定的，在乡土文学中，作者仅仅是将自己的故土作为自己写作的背景，主要阐述的乡土生活中那些可亲可敬的人，让读者感悟到人情之美，并且也传达出了对城市文明的拒绝之情。

在生态文学的写作中，作者描述了原生态生活的自在状态，并且心中是非常推崇这种荒野生活的美感的，这也使得这些文章成了对抗工业文明的一种有力武器，并且还能够满足他们自身的精神需求。在这里的乡村已经不是城市化和工业化了的农村了，而是淳朴的、更为具有原生态的农村，是拥有山野气息的农村。在相关生态作家的眼中，这是人类与自然和谐相处的写真。

在当今的情况下，原始的乡村与荒野也不可避免地会受到人类发展的威胁，在很多的作品中，作家都阐述了由生态破坏所导致的人与自然的冲突，随着工业化进程的加快，人类生存的环境越加恶劣，并且逐步进入了一种无家可归的状态。对于所有的人都必须明白这样的一个道理，在很多的情况下，我们需要发展的可持续性，而不是发展的快速性，但是很多的人往往无法抵御眼前的诱惑，所以如何去保护乡村和和谐的荒野，也就成了他们心底深深的渴望。

（三）城市与异化的焦虑

对于城市以及城市中生活的描写，其意义是为了让我们能尽快步入生态危机的一种语境中来。在当前的时代下，现代人的生活方式展示出了时代的主流导向，很多的人都是在城市中被簇拥着往前走的，他们的工作压力比较大，需要拼命工作才能保住自己的职位，但是与此同时，在工作之余他们也是在拼命享受。

很显然，城市生态和乡村生态是相互依存的，这是人类生活的两种最基本的状态，从生态现实的视角来看，城市人口的密度已经很大的了，随着工业化进程的加快，各种环境问题也层出不穷，所以，很多作家在表达生态危机状况的时候往往会从城市中去找灵感。

在描写城市生态之外，还会有各种各样的异化形象，这里所指异化，就是那些对常态状况的扭曲，不仅指的是人类肉体的扭曲，同时也指人类精神与灵魂的异化。在当前的背景下，人类在生物工程的研发上已经取得了很大的成果，但是这些成果在给人们带来喜悦的时候，也让人倍感忧虑，由于遗传基因的改变，那些变异生物所带来的危险往往也会加快人类灭亡的进程。

除此之外，人类在进行生产的过程中不可避免地会使用各种化工材料，如果一旦不注意，就可能会给地球上的生物带来一些可怕的灾难，环境剧变、基因突变所带来的后果是很严重的。作家在写作的时候往往是通过描写一些生态灾难从而凸显出环境污染所带来的严重后果，整个作品中往往都会充斥着孤独的情绪与绝望的氛围。

在西方的现代派文学中，也是存在异化现象的，但是生态文学中的异化与这个异化是截然不同的，从表现手法上来看，二者都经常采用强化的手法，这样就可以让所阐述的形象得以加强，但是二者之间还是有差异的。现代派文学的异化主要用来阐述生命体在紧张生活中所拥有的一些主体感受，这展示出了人与人之间关系的冷漠。但是在生态化文学的写作中，作者将主要的经历都放在了描写科技以及污染等给人类的生存所带来的一些损害，并且会发挥自己的想象力，去阐述自己对潜在生态危机发生状况的构想。

二、生态文学的思想内涵

对于生态文学而言，其基本的着力点就是人与自然关系的调整，需要破除以人类为中心的错误观点，并且寄希望于从生态整体的角度出发去阐述人与自然所该拥有的关系，并且逐步探求到底是什么原因导致了生态危机。但是在很长的一段时间里，人类与自然的关系都是对立的，并且人类一直想去征服自然，但是在生态文学研究者的眼中，他们往往关心自然与人的关系到底是怎样的，人类该以何种面貌去面对自然。

（一）反思批判

在生态文学中，反思批判主题一直是一个常论常新的话题，所谓的反思批判，其实就是对人类中心主义的批判。

在希伯来文化的影响下，人类中心主义已经逐步占据了主导地位，在人的心中，他们认为自己就是世界万物的主人，是世界的主宰者。他们认为，是上帝的授权让自己拥有了特定的权利，所以自己的身份是神圣不可侵犯的。对于地球上的一些其他的生物体，不仅是有生命的，还是没有生命的，人类都是高于他们之上的。

人的欲望是用不满足的，为了让自己获得更为舒适的生活，他们对其他生物的生存并不关心，并且会任意践踏其他生命体。在此种理念的主导下，人类就对自然界开始了毫无节制地开发与利用。随着科技的进一步发展，人类工作的效率得到了进一步提升，这也更激发出了他们征服自然的决心。从人类的发展进程来看，他们对自然的破坏是极为严重的。

为了改变当前的这种状况，很多的生态文学家们都挥毫泼墨写出了很多的文学作品，希望借助文字的力量让人们好好对待大自然，并且在书中，他们对人类征服自然的进程进行了深入批判，他们寄希望于通过文学的作用，从而改变人类的思想。

在生态文学作品中，作家质疑了人类在自然界中是否居高至高无上的权利，并且揭示出了过度开发自然的恶果。生态文学中的分支是很多的，生态预警小说就能很好地诠释这一主题。在各种小说中，人们对诗意生存的破坏是很严重的，并且这也导致了生态系统的紊乱。

在《寂静的春天》中，"DDT"等农药首次出现在人们面前，卡森明确了农药对大地的毒化，并且具体阐述了工业背景下的化学药剂是如何扼杀人类的生活环境的。在该部作品出版后，这些环境问题得到了人们的高度重视，并且也引起了国会的重视，后来一系列环境立法的制定以及环保组织的建立都与之密切相关。

显然，自然并不是以人的意志为转移的，他们自身也有一定的运行规律，对于人类而言，也仅仅是自然界的一个组成部分，但是在反思人类的各种行为之后，生态作家们批评了人类中心论的各种论点。梭罗描述了人们追求欲望满足的过程，随着物质生活的逐步丰裕，人类的生活越来越奢侈，毕竟人类需要背负的东西越来越多。

林恩·怀特（Lynn White）是美国著名的史学家，他的作品《我们的生态危机的历史根源》被誉为生态批评的一个里程碑。在这篇文章里他提出人类中心主义是导致各种生态问题的根源，正是人类中心思想的存在使得人类以自然界统治者的状态自居。这篇发表于1967年的文章引起了轩然大波，并且对生态思想的发展起到了极强的推动作用。

（二）责任义务

人对自然的责任引起了很多生态文学家的重视，在当前的时代下，人类比任何时候都能够感受到生态的恶化，生态恶化影响了人类的生存，但是这种恶化也是由人类一手造成的。对于生态危机的产生，人类自身有不可推卸的责任，生态学家们针对"人类中心主义"提出了"生态整体主义"的说法。

在"生态整体主义"理念下，人们必须从道德上关心整个生态系统并平等地对待自然界中的生物。在整个的自然界中，一切的生物都是具有自身的创造力的，我们要将自然作为一个整体来看待，人类之间不仅需要互相尊重，同时人类也要尊重自然界中的其他生物体。

在《沙乡年鉴》中，奥尔多·利奥波德（Aldo Leopol）的土地伦理观就是此类价值观的一种，用他自己的话说，就是要让人类改变自己征服者的身份，而是变成整个共同体中的一个普通公民，同时也传达出人类应该尊重其他生命共同的理念。

人类都是"生态共同体"中的一员，所以就应该有保护自然的义务，只有这样才能推动自然的可持续发展，让生态危机得到缓解并被消除。我们人类并不能凌驾于自然之上，而是应该积极维持生态系统的平衡。

在这些文学家的笔下，有对美好和谐自然美景的描绘，也有对当前被破坏了的生态环境的描绘，并且还展望了人类即将面临的生态恶果，在这些娓娓道来的文字下，人们对大自然更为依恋了，并且容易引发人们自身的责任感与使命感，从而逐步履行自己的生态义务，倡导人们追求内心安宁的生活。

（三）重返和谐

在很多生态作家的笔下，人与自然的关系都是非常和谐的，那种奴役的状态是不存在的，但是不管怎样，这些作家都表达出了一个坚定的信念，那就是人类应该回归到自然中去。

大自然是非常淳朴的，不言不语也无欲无求，但是人类就不一样了，在各种欲望、名利的推动下，他们都在努力奋斗、拼搏着，有时候甚至没有休息的时间，他们被名誉所累，极为迫切地想寻找一处安身之所。

在梭罗的《瓦尔登湖》中，他通过亲身体验，过上了依水而居、自给自足的生活，其实为了自己的生存，我们仅仅在土地上付出一定的劳动，就可以获得足够的粮食，并不必与人攀比我们没有什么。瓦尔登湖畔风景优美，不管是清晨的朝露还是黄昏的雨丝，都恬静唯美、浪漫自然，居住在这里的那位年轻人尽管离群索居，但是却拥有最为明澈的大脑。

在很多的生态学家看来，他们往往希望达到一种与自然融为一体的状态，庞德曾经在《树》中将自己想象为一棵树，通过角色的转换，从树的视角去观看这个熟悉的世界。马克·吐温也曾经告诫过我们，只有重新融入自然，才能做到和自然的和谐相处。

第二节　英美浪漫主义生态文学

一、英国浪漫主义生态文学

（一）托马斯·哈代

托马斯·哈代（Thomas Hardy）是英国著名的小说家以及诗人，他的一生发表了多部长篇小说，多达二十部左右，这也对当时英国的文学创作产生了较大的影响。众所周知，田园生活对托马斯·哈代的思想产生了较大的影响，因而他创作的很多文学作品如小说以及诗歌等都包含田园色彩。由于哈代的作品特点，于是当时很多人都把哈代称之为英国传统乡村生活的重要代言人。其实我们通过大量地分析哈代创作的文学作品可以发现，他的很多作品都和他长期生活的家乡多塞特有较大的关联，这也能够从另一个层面看出哈代十分热爱自己的家乡，他对他脚下的这片土地充满了深厚的感情，因而他能够在他的小说以及诗歌中融入自己家乡的各种元素。哈代出生于 1840 年，他于 1928 年去世，他这一生度过了 88 年的时光，在这 80 多年的时光里面，哈代大部分的时光都是在英国的家乡多塞特度过，他只有极少数的几年时光是在其他地方度过，从事别的职业。英国的多塞特的乡村环境十分优美，这里有天然的风光和美景，同时空气清新、民风淳朴。因而在这片土地上长期生活的哈代十分热爱大自然，他会花较多的时间与大自然相处，并且愿意思考人类和大自然相处的奥秘以及关系等等问题。这些也是哈代文学作品创作的重要素材和灵感的来源。

哈代是英国著名的小说家，他的很多小说中都十分重视"大自然"的元素。在哈代的文学创作过程中，他不仅把大自然当作文学创作描述的重要背景，他甚至把大自然当作是文学作品探讨的重要内容以及动因等，因而这些作品具有重要的价值和意义，往往能够使读者陷入深深的思考。例如，在哈代的小说《还乡》里面，作者会根据故事发展的变化来更换不同的大自然场景以及描述，同时也会根据这些变化来反映小说中主人公的命运起伏以及命运的走向，这样作者就十分巧妙地把大自然的场景和人物的命运紧密地联系起来，从而使小说作品看起来更加具有厚重感，同时也能够在一定的程度上引发人们思考人类的命运和大自然之间的紧密关系，促使人类去反思自己的行为，并且调整自身的行为。

在哈代的晚年时光里面，他基本上就停止了小说的创作，转而开始创作了大量的诗歌。在这些诗歌作品中，哈代毫不吝啬地赞美大自然，并且把自己对大自然的热爱之情融入诗歌里面，从而更好地抒发作者的感情。在英国，哈代的诗歌创作也取得了很高的成就，其诗歌创作也具有显著的特点，那就是哈代总是通过诗歌创作来解释大自然的环境危机以及遭遇的破坏等，从而呼吁人们关注自身周围的生存环境，同行号召人们要爱护环境，要充分地意识到人类的生存和大自然之间关系等，力求寻找一种平衡的关系。

在哈代固有的思想中，人类和大自然的关系十分紧密，人类并不是大自然的主导者，而是其重要的组成部分，因而人类应该珍惜和爱护大自然中的其他生物，从而推进生态的平衡。

哈代出生于 19 世纪，他在 19 世纪度过了六十年的时光，然后又在 20 世纪度过了几十年的时光，可见哈代是英国历史上重要的跨世纪的文学作家，他一生创作了大量的作品，同时对大自然有了更加深刻的感悟，这主要具体体现在如下两个方面：第一，大自然中还拥有很多宝贵的自然资源，这些资源保持着原始的美好，因而这些也能够成为很多作者以及艺术家进行创作的灵感来源。这是因为大自然是十分广袤的，它是天然形成的，并不是人类人为地塑造而成，因而大自然中有很多美妙的事物以及现象，这些总是会给人类带来很多美好的体验以及惊喜感。第二，大自然中的生物具有多样性，而且生物之间遵循一定的竞争法则，即物竞天择，适者生存。人类在观察大自然的过程中也总是能够看到这些残酷的场景以及景象，这些会让人类很纠结、揪心，然而这也是大自然客观存在的自然法则。其实人类社会也是一样的，也会存在一定的竞争关系，这样才会促使人类不断取得进步和发展。对于当代的年轻人而言，他们大多数都生活在城市之中，每天面临比较大的工作压力以及生活压力，因而原始且神秘的大自然对现代年轻人还是具有比较大的吸引力，这能够吸引人们去探索自然，并且学习人类与自然和谐相处。

（二）戴维·赫伯特·劳伦斯

戴维·赫伯特·劳伦斯（David Herbert Lawrence）主要活跃于 20 世纪，他是英国著名的作家。他一生也创作了大量的文学作品，他的作品往往会从独特的视角出发分析问题，具有较强的创意性，然而这些创意有时也无法被更多的人理解，因而他的作品也具有较强的争议。很多人会对他的作品进行讨论分析并且执不同的看法。劳伦斯一生的时间并不是很长，他在法国由于肺炎严重而去世，而当时他却只有44岁。然而就是在这短暂的一生之中，劳伦斯还进行了大量的尝试，他在文学创作中不断创新和突破自我，创作了很多不同体裁的作品，如人们比较熟悉的长篇小说和短篇小说，他还学习并且创作了大量的散文、戏剧作品以及根据自身旅游经历而创作的游记等等。纵观劳伦斯的作品可以发现，他的很多文学作品中都会描述和性有关的内容，这种大胆的文字语言描写还是没有办法被大众广泛的接受，因而在劳伦斯的有生之年，劳伦斯并没有得到大众以及专业文学人士的认可。在20世纪50年代，人们才开始重新关注劳伦斯并且发觉其文学作品的价值，从而出现了"劳伦斯热"的现象，这也促使人们开始重新关注并且研究劳伦斯。到了20世纪末期，越老越多的文学研究者开始研究劳伦斯，并且重新解读其作品中的生态思想，这也能够推动生态批评理论的发展。

通过分析劳伦斯的文学作品可以发现，他推崇的观念如下：人类社会进入了工业化发展的时期，这大幅度地提升了人类的工业化效率，然而这也带来了很多消极的影响。这种工业化的活动不仅破坏了人类赖以生存的优美自然环境，同时也摧残着人类的心灵，给很多人的心中留下来创伤。在这个过程中，很多人不得不离开自己长期生活的田园村庄，他们有很多不舍和无奈，这也促使人类应该积极地思考人与自然的关系，从而为生态平衡做出相应的努力。

《虹》是英国作家劳伦斯创作的长篇小说，这部长篇小说的内容主要是围绕一家三代人的故事展开叙述的，通过这一家三代人的叙述读者可以清晰地看到人类的工业化对传统的乡村生活以及环境等产生的影响，从而引起人们重视和思考。

除了探讨人和自然的相处以及关系之外，劳伦斯还在其作品中运用较多的篇幅来分析和探讨男性和女性之间的两性关系问题，他认为这种探讨很有意义和价值，这也是探讨一种基本的规律，能够帮助人们更好地认识自我，从而寻求人类与自然的和谐。

二、美国浪漫主义生态文学

（一）梭罗

亨利·戴维·梭罗（Henry David Thoreau）是美国历史上著名的文学家，

他创作的文学作品包含生态的思想，因而梭罗在美国的文学史中占据了重要的位置，人们也把他称之为生态文学的创始人。在梭罗的著作中，其影响力最大且最受大众欢迎的就是《瓦尔登湖》这个作品。在这部作品的影响下，还有很多人十分向往瓦尔登湖的生活，因而我们就能够看到越来越多的人去瓦尔登湖旅游或者散步等，从而感受文学作品中描述的一切场景。

1. 人与自然和谐共生

梭罗生活的时代，科学技术迅猛发展，人们利用、改造自然的能力大大提高，人们以牺牲环境和消耗自然资源为代价，获取物质利益，人类美丽的家园遭到前所未有的破坏。梭罗在《瓦尔登湖》中强烈谴责了肆意砍伐瓦尔登湖畔树木的樵夫，以及从中取水的人和侵犯其边界的铁路。梭罗认为万物皆有灵性，人与自然血脉相连，梭罗认为，人类不是自然的中心和主宰，而只是自然界的一部分。自然界哺育了人类，人类应该尊重自然、热爱自然，与自然和谐相处。

2. 寻找精神家园

19 世纪上半叶，美国工业迅猛发展，经济突飞猛进，社会一片欣欣向荣的景象。但同时也造就了美国人的拜金主义思想，对金钱与财富的追求成为他们唯一的生活目标，精神生活湮没在机器生产、科技手段和消费文化中，人们陷入了精神危机。梭罗认为，只有放弃对物质生活的追求，驱除内心的贪欲，才能追求更高的生活，即精神生活。对于梭罗，真正的生活是要过一种自由独立的精神生活，梭罗坚信，只有回归自然，才能获得精神财富。因此，梭罗走向瓦尔登湖，亲近自然，寻找古朴、理想的自我，探寻人类的精神家园。

3. 追求简单生活

梭罗一生践行着简单朴素的生活方式，他认为人们只需要维持生活最起码的东西，其他的一切都是奢侈品，都是不必要的。梭罗猛烈地抨击当时美国盛行的物质主义和拜金主义的生活方式，并以自己在瓦尔登湖的亲身体验向世人呈现了他的简朴生活。他认为，人只要过着简朴而又聪明的生活，那么在这个世界上谋求自立就不是苦事，而是乐事。

（二）华盛顿·欧文

华盛顿·欧文（Washington Irving）是一位来自美国的作家，他是一位享誉全球的美国文学家。在美国的文学创作发展过程中，华盛顿·欧文发挥了重要的作用，占据了重要的位置，其出生于 1783 年，他的家庭条件十分优渥，因而这也会他提供了比较好的生活条件。在经济条件允许的情况下，欧文在自己年龄还比较小的时候就开始从美国出发世界各国地方旅游和学习，这样不仅可以拓宽其眼界和视野，还可以增长其见识，这些丰富的阅历和旅行为其以后的文学创作奠定了坚实的基础。由于欧文家庭比较富有，因而其也有条件接触并且阅读大量著名文学家的文学作品，从而学习文学创作的知识和技巧，如欧文会花费较多的时间和精力来大量地阅读拜伦、彭斯等人的作品。在1820年时，华盛顿·欧文便发表了一篇短篇小说，那就是《见闻札记》，当时这篇小说受到了大众的喜爱和认可，因而这也使得华盛顿·欧文在美国的文学史中占据了重要的位置。下面我们就选择《见闻札记》中的两篇十分经典的短篇小说为例进行分析，从而剖析其文学作品里面折射出来的生态思想，这两篇短篇小说分别为：《瑞普·凡·温克尔》和《睡谷的传说》。

1. 和谐的自然环境的描写

我们现代人已经十分熟悉大自然，并且已经找到了和大自然和谐相处的方法。然而在人类早期，人类并不是很了解大自然，也不知道该如何和大自然相处，从而维持一种平衡的关系。在最初时，人类还没有彻底地认识大自然，因而人们对大自然充满了敬畏之心。随着人们认识的加深，人们也开始逐渐要征服大自然，并且在征服大自然的过程中开始破坏自然的环境以及构造等，从而产生了一系列的消极现实影响。尤其在现代社会，人们更加认识到了大自然的重要性，同时通过改变观念以及行为等来寻求人和自然的和谐相处。实际上，人们通过阅读华盛顿·欧文的文学作品可以发现，在欧文的作品中，他经常会使用大量的文字来描述和阐述一些人们熟悉的自然环境，他这样创作通常是有两个方面的目的，其一就是为了形象地描述文学作品的创作背景，其二就是为文学作品的故事叙述营造一定的气氛。欧文的这种文学创作方式不仅符合美国浪漫主义文学的创作风格，同时也能够生动形象地体现当地人们对他们生活周围大自然的热爱。

在欧文的经典小说《瑞普·凡·温克尔》的开头部分，作者就运用了大量的语言文字来为读者仔细地描述一幅景色十分优美的大自然美景，这不仅能够吸引读者的注意力，使读者在脑海中构建一幅自然风光美景，同时读者也可以借此交代故事发生的背景，便于读者对故事的进一步理解。《瑞普·凡·温克尔》这个小说中的故事发生在卡兹基尔丛山中，这座山的景色非常独特且优美，凡是那些从这座山附近经过且目睹过这座山自然风光的人都会对这座山留下深刻的印象。我们需要强调的是，这座山之所以能够给众人留下如此深刻的印象是因为这座山不仅风景秀丽，体现着浓重的乡村气息，而且这座山的景色具有较大的变化性。这座山的景色会随着季节、天气情况等发生较大的改变，从而增加了山上景色的神秘色彩。由此我们可以看到，欧文在小说的开头就为读者描述了一幅典型的美国本土的大自然美景，这极易引起读者的情感共鸣，这也是生态文学创作的重要内容之一。实际上，欧文在他的文学作品之中详细地描绘了当地的自然风光，这也从一定的程度上反映了作者热爱大自然，同时呼吁和倡导读者也能够亲自感受大自然的美好，同时要保护大自然，尽量不要肆意地破坏大自然的风景。

在欧文的另一部小说《睡谷的传说》开头的部分，欧文同样地使用了大量优美的语言文字为读者描绘了一幅安静、原始的大自然风景，这会给读者带来极其良好的阅读体验。这个故事发生的地点就是哈德逊河流的东边，这里有一个相对比较古老的小城镇叫作逗留镇，这里的人们安居乐于，生活得很安宁和幸福。在这附近还有一个小山谷，山谷的环境非常安静、空气清新，因而作者也使用了较多的文字来详细地描述小山谷的自然风光，这里的自然风光非常原始和清新，树木葱葱郁郁，山谷中也有很多鸟类成群结队地飞舞，人们还可以在这里看到很多城市里面几乎看不到的鸟类，如啄木鸟等等。然而就是在这样宁静的自然环境中人们就突然听到了打猎的枪声，这些人类的枪声打破了这里的寂静，从而改变这里的很多事物。由此可见看出，在《睡谷的传说》这个小说中，欧文也试图把故事的创作背景放到古老且原始的村庄和山谷之中，这里的自然景色令人心驰向往，就好像一片桃花源一样。

人们通过分析华盛顿·欧文的两篇比较具有典型性的小说可以发现，欧文十分热爱脚下的土地，非常热爱大自然，因而他会在他创作的文学作品中花费大量的文字为读者描绘一幅幅大自然的好风光，他向往这种原始的自然美景，这也在一定的程度上体现了欧文的一种生态批判思想。

2. 淳朴的人物形象的刻画

在小说《瑞普·凡·温克尔》，欧文塑造的主人公的名字就叫作瑞普·凡·温克尔，他的人物性格也十分鲜明，那就是他非常热爱脚下生活的土地以及大自然，因而他十分享受当下的生活，即使他的妻子有时候会因为一些琐事不满足于现状而抱怨以及唠叨，这些都没有影响到主人公的生活和心境。从本质上进行分析，主人公是一个心地十分善良的人，他在生活之中不仅会帮助其他需要帮助的人，他还会陪村里面的儿童玩耍，甚至善待家庭里面的小动物等。此外，主人公的兴趣爱好等都十分广泛，他经常会去小河边钓鱼或者到周边的山林之中打猎来消遣时光，然而每次他并没有钓到很多鱼，也没有打猎收获很多的猎物，这主要是因为他钓鱼和打猎的根本目的并不是为了捉到大量的鱼或者打到大量的小动物，而且他十分享受这个和大自然相处的过程。除了这些特征之外，他还有个明显的特点，那就是他不喜欢从事一些有一定利润回报的劳动，这样看来很多人就会认为他十分懒惰，不愿意付出自己的劳动来换取报酬。然而与之矛盾的地方就是每当熟人或者邻居请他帮忙时，他也是很愿意付出自己的劳动。这就不禁使人们思考他为什么会出现如此极端的两种行为，分析其行为可以发现，其实主人公并不是真的厌烦劳动，他只是不热衷于那些被利益驱使的劳动而已。在主人公的思想观念中，他热爱大自然，追崇思想的自由，因而他愿意降低自己的需求，他的物欲比较低，这是因为他并不想从大自然中索取很多东西，从而尽量去维持大自然的生态平衡。对于人类而言，如果人人都有这种保护大自然的意识，那么大自然的生态平衡就不会被轻易地破坏，就是人类的无穷尽的物质需求才使得大自然被破坏，从而失去了生态的平衡。

在小说《睡谷的传说》中，欧文塑造的主人公的名字叫作克莱恩，实际上他并不是睡谷的一员，他是从遥远的大都市纽约来到这里的乡村进行支教的。然而克莱恩并不是一个正面的形象，他是一个外来者，而且他的带来破坏了村庄的宁静，同时也破坏了大自然的原始风景。作者欧文十分反感和厌烦这样的自然破坏者，因而欧文在小说中就使用了较多的文字语言来对克莱恩进行讽刺和描述。例如，对于克莱恩的样貌作者就刻画得十分形象，即克莱恩的形象比一般人要差，他没有英俊的五官，而且身体的比例也十分怪异，让人看起来极其不协调。同时克莱恩的五音不全，没有音乐的天赋，他唱歌十分难听，无论什么年龄阶段的人听了克莱恩唱歌都会受到惊吓，这是一种十分不好的感受和体验。此外，克莱恩跳舞也十分不标准和好笑，然而他自己还没有意识到这个问题，甚至还以此为荣。除了上述的问题之外，克莱恩性格中最令人厌恶的就是他这个人对于金钱以及食物的追求极度贪婪。他会想尽各种办法来获得金钱或者获取食物，不考虑甚至是忽视他人的利益等，这就是极度自私的行为。在《睡谷的传说》这个小说中，欧文塑造了克莱恩这样的形象其实就是借此来代表当时的物质文明，正是当时人类的物质欲望促使他们打破了睡谷的寂静，从而在一定的程度上破坏了大自然的生态平衡。欧文在小说中极力地讽刺了克莱恩，可见他对那些破坏大自然行为的不满和愤怒。

第三节　基于生态视角下的英美文学翻译探索

一、基于生态视角下张爱玲的英美文学翻译探索

众所周知，张爱玲是中国现代著名的女作家，实际上她的本名叫作张瑛。她的祖籍位于我国河北省的丰润这个地方。需要强调的是，虽然张爱玲的祖籍

位于河北省，不过张爱玲的出生地点却是上海，而且张爱玲的家庭背景是十分显赫和耀眼的。从亲属的关系层面进行分析可知，张爱玲的祖母实际上就是当时中国清朝晚期政治家、外交家、军事将领李鸿章的女儿，而且她的祖父在晚清也身居要职，是当时国家发展和治理的重要人才。张爱玲是一个十分优秀的作家，她用了一生的时间都在创作文学作品，同时她也在创作以及工作的过程中翻译了大量优秀的英美文学作品，这些英美文学作品的内容也对张爱玲的创作以及思想产生了一定的影响。在 20 世纪，张爱玲在文学创作以及文学翻译的领域就展现了过人的才华，她精通汉语和英语这两门语言，因而其在创作以及翻译中可以十分灵活地运用不同的语言。从统计的数量上进行分析，张爱玲一共翻译了大约 20 部英美文学的作品，而且灵活地运用了各种翻译的技巧以及策略，从而使其翻译的作品能够很好地适应当时的生态翻译环境。张爱玲是一位十分优秀的译者，她不仅花费了大量的时间和精力翻译经典的英美文学作品，她甚至还会尝试着把自己创作的文学作品翻译为英文，从而使英语母语的读者阅读。总之，张爱玲的生态翻译风格是一种创新，这也是一种新的方向和研究视角。

（一）翻译生态环境的边缘化与回归

1. 隔离于当时的社会政治环境

张爱玲的祖父是张佩纶，他当时只是一个十分普通的平民百姓，然而其比较善于文字运用，有一定的写作才华，因而其在二十岁的时候就已经顺利地考取了举人。张佩纶是晚清名臣，他有自己的思想，同时他又敢于在朝廷之中表达自己的看法，因而当时慈禧十分欣赏他并委以重任。在 20 世纪末时，张佩纶提出清政府要和法国进行宣战，然而这场战争最终并没有取得胜利，张佩纶也因此受到处罚。李鸿章是晚清著名的政治家和外交家，他十分欣赏张佩纶，因而他就把自己十分疼爱的女儿嫁给了张佩纶。张爱玲的母亲是黄一凡，她是一个十分具有个性且具有新时代女性特征的人物，她十分重视对张爱玲的教育，她尽最大的努力为张爱玲争取比较好的教育条件，使她可以接收一些新式的教育，这也有利于张爱玲的成长。从很小的时候开始，张爱玲就表现出了过人的文字功底以及语言运用能力，这具体就体现在张爱玲的文学创作层面以及她对文学作品的翻译层面。在考大学的时候，张爱玲顺利地考上了英国的伦敦大学，然而当时世界的局势很紧张，因而她没有办法去伦敦大学上学，因而她就选择了香港大学就读，这也使得她可以深入地接触和了解中西方的文化特点以及文化差异，这也为其翻译奠定了重要的文化基础。大约在 20 世纪 50 年代左右，为了维持生活张爱玲选择了美国新闻处这样一个机构工作，在这里她的工作内容主要就是阅读并且大量的翻译美国的文学作品，如我国的大众都十分熟悉的《老人与海》等经典作品等等。在翻译西方文学作品的过程中，张爱玲也深入地了解了英美国家的历史文化等，这也使她看到了资本主义的问题。

2. 张爱玲翻译生态系统的建立

从结构的层面进行分析，张爱玲翻译的英美文学作品所构建的英美文学翻译生态系统一般包括如下几个重要的部分：其一就是赞助主体，其二就是创作主体，其三就是接受主体，其四就是守护主体。众所周知，张爱玲在美国新闻处从事过较长时间的翻译工作，在这段时间内她也参与并且翻译了大量的美国文学作品，这个工作的性质就使得张爱玲的身份变得更加特殊和敏感。此外，由于张爱玲长久地居住在香港地区，因而她积极参与并且翻译的英美文学作品一直流通的范围比较小，国内的读者以及文学爱好者也没有办法阅读到张爱玲翻译的作品。其实分析张爱玲的性格可以发现，她并不喜欢参与政治，然而她在翻译英美文学作品时就会涉及政治，因而她也获得了丰厚的稿酬。张爱玲之所以可以把大部分的时间和精力都投入到英美文学的翻译中就是因为她的赞助者给予了丰厚的稿费，这样她的生活有了保障，她就可以安心进行翻译工作。从作品选材的层面进行分析，其实张爱玲也没有很大的选择空间，很多时候选材都是由赞助人等人选择并且最终敲定。总之，在赞助人以及其他机构的辅助下，张爱玲的英美文学翻译作品产生了较大的价值，并且产生了一定的社会影响力。

(二) 生态翻译学视域下的生态女性主义取向

1. 译作中的生态翻译学视角

所谓翻译生态学其实就是指某个时期特定的生态环境对译者所产生的影响，这个时候译者需要进行选择和改变，从而适应生态环境的改变。对于张爱玲而言，在当时的时代背景下，她翻译的英美文学作品选择了适合的翻译策略以及技巧，从而适应了当时东南亚的翻译体系以及环境。例如，在具体翻译美国经典的文学作品《老人与海》的时候张爱玲就十分重视翻译那些描述老人坚持不懈的句子，因为这些句子会对人们的生活以及态度产生积极的影响，而且张爱玲本人也十分喜欢这些句子，所以张爱玲就会恰当地选择翻译的技巧和策略来翻译这些重要的句子。总而言之，在我国的翻译历史中，张爱玲翻译了较多的英美文学作品，这也推动了我国英美文学翻译的发展和进步。

2. 张爱玲翻译的生态女性主义取向

生态女性主义取向是女性主义取向的重要组成部分，实际上它就是把生态学和女性主义的研究结合起来进行分析和探索。张爱玲是中国文学史上优秀的女作家以及译者，她不仅才华横溢，她还有一个十分特殊的地方，那就是她是一位女性，因而张爱玲在翻译相应的英美文学作品时就会更加关注女性的问题以及女性的最终命运等。众所周知，张爱玲出生的家境十分优越，然而张爱玲的童年生活并不是过得很幸福，她的父母之间有比较大的矛盾，因而父母经常吵架，而她的母亲是一位具有新时代思想的独立女性，这也对张爱玲的思想产生了较大的影响。因而从张爱玲年龄很小的时候开始，她的头脑中已经有了女性主义的倾向，并且她一生都在努力做一个自主独立的女性，依靠自己的努力以及能力来给予自己物质生活，并满足自己的精神需求。我们通过大量阅读和分析张爱玲翻译的英美文学作品可以发现，她在翻译的过程中十分重视和关注女性有关的问题，并且她十分同情那些身份低微以及生活处境十分困难的女性个体以及群体。在张爱玲的生态女性主义思想中，她认为女性是独立的个体，她们不应该把自己的希望以及幸福寄托于其他人的身上，同时她鼓励女性应该积极努力地工作，通过自己的劳动获得报酬和幸福的生活。

二、基于生态视角下《飘》的翻译探索：以傅东华译本为例分析

（一）《飘》简介

《飘》这部长篇小说的作者就是美国著名的作家格丽特·米切尔（Margaret Mitchell）。这部长篇小说产生了巨大的影响力，并且流传至今，它的创作时间是1937年，主要描述的故事发生背景就是美国内战前后美国南方人的生活以及战争对人们生活的影响。《飘》这部小说具有重要的时代价值和意义，因而它还获得了普利策文学奖，这也是专业的人士对这部长篇小说价值的肯定。《飘》的故事内容主要如下：泰拉庄园里面生活的大小姐郝思嘉一直默默地喜欢阿西里，然而阿西里也已经有了喜欢的对象，而那个人并不是郝思嘉。其实阿西里喜欢的人就是郝思嘉的表妹，她的名字叫作梅兰妮，最终阿西里如愿地娶到了梅兰妮，然而故事并没有因此而结束，这也是小说复杂故事开始的前端。

郝思嘉没有如愿地嫁给阿西里，因而她的内心充满了怨恨，于是她就赌气嫁给了梅兰尼的弟弟。在这之后没有过多长的时间，郝思嘉的丈夫就去参加了当时激烈的战争并且在很短的时间内就牺牲了。随着战争的规模不断扩大，很多人都不得已离开了自己的家园。在这种背景下，郝思嘉独自一个人回到泰拉，她发现母亲已经离开了人世，这个时候郝思嘉和佛兰克结婚了，然而在战争的影响下，很快佛兰克也在战争中牺牲了，然而阿西里却最终能够从战争中

活着回来。后来，瑞特开始追求郝思嘉，二人也最终结为夫妻。当它们二人结为夫妻后就过上了幸福的生活，一年之后他们的孩子就来到了这个世界，瑞特十分喜爱和疼爱这个孩子，并且在陪伴孩子上投入了大量的时间和精力。然而有一天，瑞特突然就发现郝思嘉并没有完全忘了阿西里，已经过去了这么多年，然而郝思嘉还会偷偷地藏着有关阿西里的照片，这件事情对瑞特的思想产生了较大的影响，而且这件事情也在一定的程度上细微地影响着二者的感情。后来郝思嘉和阿西里因为某种缘由拥抱在一起的场景更是加深了瑞特的顾虑。后来郝思嘉怀孕了，她把这个好消息告诉瑞特之后，瑞特的反应不是喜悦的，而且是充满疑虑的，他甚至怀疑这个孩子可能和他没有血缘关系，这种态度让郝思嘉非常失望和伤心，这也导致了郝思嘉精神不稳定，从而不慎从楼上摔了下来，那个孩子也因此流掉了。后来瑞特比较后悔自己的行为，虽然他想挽回郝思嘉，然而发生的很多事情还是进一步破坏了二人之间的感情。最终瑞特离开了那个地方。经历了这么多的事情以及时间的沉淀，郝思嘉渐渐地发现其实她并不是真正地喜欢阿西里，她真正爱的人是瑞特。然而这个时候瑞特对郝思嘉已经完全失去了信心，他依然决定要离开这个令他伤心的地方。因而在小说的后面部分，作者描述郝思嘉最终决定留在了自己的土地上，并且她依然对生活充满了信息，依然充满希望地感慨："明天还会是崭新的一天"。

(二) 从《飘》的翻译探讨生态翻译在译作中的具体体现

1. 家族文化背景的翻译

在《飘》这个长篇小说原文中有如下一句话，即 "Gerald O'hara's newly plowed cotton field."。我国的译者在翻译这句原文时并不是完全地按照原文的词汇意思进行翻译，而是充分地结合中国的文化以及历史特征等进行翻译，从而便于中国人更好地理解原文表达的意思。具体分析而言，译者在翻译时把美国的产业直接翻译为了"郝家"，这样的翻译方式更加符合中国人的文化，因而译者在翻译上述句子时把它翻译为了"郝家那一片刚犁过的棉花地"。

在上述翻译中，译者灵活地把两种不同的家族文化背景进行了巧妙的转换，从而使中国的读者在本国文化的基础之上更好地理解美国的文化，这也是一种十分重要的翻译技巧运用。

2. 黑人口语的翻译

在《飘》这部小说中有如下一段简单的话："Huccome you din' ast dem ter stay fer supper, Miss Scarlett? Ah done tole Poke ter lay two entry plates fer dem."。在小说里面，说这句话的人就是郝思嘉的保姆，她的这个保姆是一个黑人，因而保姆在说这句话的时候运用了一些黑人在日常沟通和交流中经常会使用的黑人口语。然而这些黑人口语并不是能够被所有的人理解，因而对于译者而言，他们在翻译这些黑人口语的时候就需要灵活地对黑人口语进行转换，从而把这些口语翻译成中国人可以快速理解并且接受的中国式口语，这样不仅可以使中国的读者阅读时感觉很亲切，还可以加深中国读者的理解。具体分析而言，译者在翻译黑人口语"huccome"把它翻译为了中国人经常说的"为啥"，同时把"ah"翻译成了中国地方方言中的"俺"。总之，译者翻译的这句话整体为："为啥你没留他们吃晚饭呢，思嘉小姐，俺已经吩咐波克给他们多摆两副刀叉了"。

第四节　生态批评理论与英美生态文学批评的呈现形式

一、生态批评理论概念解析

（一）生态批评的概念

从范畴的层面进行分析，生态批评理论其实就是文学批评理论中一个十分重要的组成部分，该理论对文学作品的创作者提出了较高的要求，即要求文学作品的创作者在创作文学作品时一定要关注生态变化以及周围的生态环境，从而在创作的文学作品中融入生态危机以及问题，给人类带来一定的启示，同时通过作品来呼吁人们爱护环境、保护环境，并且要努力维持生态平衡。

（二）生态批评的作用

1. 引导读者重读经典

在20世纪时，世界范围内出现了很多观点不同的理论以及文学的派系等，因而当时很多读者在选择文学作品时就会非常迷茫。面对各种各样的文学作品，他们都不知道应该选择什么题材以及主题的作品进行阅读。这个时候生态批评就发挥了重要的作用，它会引导大众正确地分析和看待人类与大自然之间的关系，使人们意识到人类是没有办法完全征服自然的，而是寻求人类与自然之间一种平衡的关系。在生态批评思想的影响下，读者应该大量且广泛地阅读一些经典的文学作品，深刻地分析和理解这些作品中蕴含的生态思想等，这也能够对读者的思想以及行动等都产生积极的影响。

2. 提升环保意识

大约到了 20 世纪 50 年代的时期，人类才逐步开始意识到工业化的进程对人类周围的生态环境造成了十分恶劣的影响。此外，随着人口数量的快速增长，人类生活的生存环境也面临着巨大的挑战，从而出现了很多现实的环境问题，如全球变暖问题、地球上珍贵的生物种类不断减少的问题等等。在这种情况下，人类也渐渐意识到保护生态环境的重要性，同时也意识到工业化生产对生态环境造成的破坏等。在这种背景下，人类就开始积极地寻找新的生态思想，从而更好地指导人类的生活实践等。这也促使生态文学批评理论被越来越多的人了解和认可。作为生态学者，他们具有重要的任务和使命，那就是让大众可以快速地了解生态批评理论的内涵以及积极作用等，从而引导更多的人可以正确地分析和看待人与自然的关系，使人们从生活的细节中保护环境，提升每个人的环境保护意识。

3. 规范人类行为

众所周知，理论和实践之间的关系十分紧密，理论可以指导实践，同时实践也能够在一定的程度上反作用于理论。因而我们可以看到，人类的思想和人类的行为之间也存在紧密的联系，思想对行为具有较强的指导作用，并且能够在一定的程度上规范人类的各种行为。具体分析而言，当人类从思想的层面意识到破坏大自然环境的危害之后，人类才会开始从行动的层面进行改变，从而使人类更好地开发大自然并且保护大自然。

二、英美文学中生态批评的呈现形式

（一）自然中心文学观

在部分生态批评人士看来，造成生态环境危机日益严峻，地球满目疮痍的一个根本的原因，是人们在地球上的生存始终持有的是以人类自我为中心的利己主义思想。人类始终将自己设定为整个地球的绝对领导者，主宰世间万物。正是这种霸权的自然观，导致了人类生存危机的严重化。因此，生态批评学者们提出了一种放弃对自然的主宰权，树立以自然为中心的生态观，并用这一生态观来进行文化创作，力图借助充满冲击力的文字表达来让读者深刻认识到环境保护的重要性，从而唤醒人们保护生态、保护环境的情感和意识并付诸到实际行动中去。美国作家梭罗的《瓦尔登湖》在这一方面的展现比较突出。梭罗借助作品和自己的实际行动对当时的美国资本主义和工业文明高速发展所带来的生态问题进行了强烈控诉。因此，梭罗用自己的实际行动，向当时的美国社会发起了抗议，他独自隐居在远离美国工业文明的偏远乡村，并用两年的时间创作了以呼吁人们爱护自然、回归自然为主题的文学散文集《瓦尔登湖》，成了英美文学学者中较早关注自然生态，提倡人们回归自然本体，构建自然中心主义者。

(二) 自然主体性创造文学观

文学批评学者在这种自然主体性创造文学观的指引下，进行了大批的文学作品创作，并逐渐激起了人们尊崇自然，赋予自然主体性的意识与良知，形成人性化的生态关怀意识。例如，在美国作家丹尼尔·笛福的长篇小说《鲁滨孙漂流记》中，讲述了主人公鲁滨孙独自一人在一个完全没有人类文明迹象的荒岛中克服困难求生存的历险故事。作者通过构建一个零文明的野蛮荒岛生存环境，实际上是一种自然主体性的文学折射，作者通过鲁滨孙在这个荒岛上遇到的各种生存挑战的创设，引起了人们对于人与自然关系的深刻思考。当一切的人类文明消失殆尽的时候，人类本体在地球上的生存是如此艰难，一场大风、一次暴雨……任何一次自然系统的变换都随时让人类面临死亡的危机，而自然界却愈发地屹立不倒，郁郁葱葱。这样一种鲜明的对比，是对人类自然意识的召唤，是对人类中心主义霸权观的一种警示，提醒着人们不要将人类文明的进步与自然生态文明相对立，因为人类文明的构建基础永远是自然生态，过度地破坏自然生态就是在啃噬人类自己的根基。这正是对自然主体性的文学批判观的深度体现。

(三) 生态预言文学观

在生态批评文学作品中，还有一类文学创作倾向就是通过思维发散打开文学想象力，构建让读者充满心灵震撼和情感撞击的灾难场景，让读者跟随自己的想象产生一种世界末日的绝对恐惧感。通过这样一种生态预言式的文学创作，在震撼与撞击之下，生态批评学者们真正想要实现的是构建人们的生态灾难意识，在灭绝与死亡的巨大冲击之下，深刻反思人类行为，改变对自然生态的行为做法并在思想意识上彻底认同生态保护的重要性。这一类的文学作品有很多，尤其是在现当代的美国社会，灾难文化成为一种人们热衷探讨的话题，尤其是在影视领域，这种灾难文化得到了淋漓尽致地展现。例如，人们熟知的影视作品《2012》《泰坦尼克号》《独立日》等等，都是依托生态预言文学观念下，通过影像技术的一种立体展现。在电影《2012》中，借助高超的影像呈现技术，人们身临其境感受到了因为人类的生态破坏、无节制的自然资源攫取，导致了地球的整个生态系统遭到了无可挽回的破坏，并最终彻底崩盘，迎来了世界末日的到来。其实，在生态批评学者看来，所谓的世界末日更确切地说是人类文明、人类物种的末日。因为，对于地球来说，自然生态系统的自我更新是一种常态，自然界不会跟随人类文明的消失而消失，只是当人类文明超出了大自然的承载极限后的一种自我修复状态。而这种自我修复本身，对于人类文明就是灭顶之灾。因此，生态预言文学观的倡导者，通过种种生态灾难的语言和构建，真正想要唤醒的是人们敬畏自然、尊重自然的意识，试图通过灾难预警的方式，让仍然处在人类文明的优越感之中的人们，清醒地认识到这种挑战大自然权威的错误做法，带来的结果是人类自身的无限毁灭，继而真正构建起自然生态保护观。

第四章　英美女性文学重点问题解析与研究

英美文学作品的历史比较悠久，大致可以追溯到文艺复兴时期。女性文学作家一直存在，但受男权社会的压制，始终没有登上历史的舞台。到资产阶级革命后，平等自由的意识在女性心中生根，她们开始为自由、平等而斗争。英美文学作品中的女性意识突显，为女性解放，为男女平等做出了重要贡献。本章主要论述了女性主义文学、基于女性视角下的英美文学审美研究、洛蒂·勃朗特《简·爱》及女性意识的顿悟等内容。

第一节　女性主义文学概述

一、女性主义的文学史观

（一）女性为何写作

女性文学的历史可以说是女性逐渐觉醒的历史，而这段觉醒的历史离不开文学和历史对性的书写。从某种角度来说，女性文学的历史就是女性用自己的文字对自己被书写命运进行抵制的历史。对女性成为作家的直接原因的讨论可以见于埃莱娜·西苏（Hélène Cixous）的《美杜莎的笑声》、苏珊·格巴（Susan Gubar）的《"空白之页"与女性创造力问题》和苏珊·格巴的《阁楼里的疯女人》等文章，当然弗吉尼亚·伍尔夫（Virginia Woolf）的《一间自己的屋子》则是对此讨论得最早、也是最详尽深入的，也许后来的这些作品可能有着更为深远的影响力，但细细看来她们所涉及的都是伍尔夫曾经关注的问题或问题的某些方面。

通常情况下，女性的创作主要包含如下两种不同的原因：其一就是很多女性具有较强的文学创作力，其二就是不少善于思考的女性具有一定的写作冲动。

众所周知，社会中的男性和女性在很多方面都存在较大的差异，如生理结构方面、性格方面等等，这些差异是天然的，很多时候是受到遗传素质影响的。然而需要强调的是，从文学创作的层面进行分析，其实男性和女性的创作能力以及才华并没有明显的差异。男性可以通过写作来抒发感情、表达和传递一定的思想，女性同样可以通过写作来体现自身的价值，同时传递自身的价值观等，并且在适当的时机展现自身的写作才华和天赋等。然而广大女性面临的现实情况是，社会中有很长很长的一段时间中都在实行父权制，这样女性在社会各行各业中的位置都会变得很卑微，她们根本就没有机会来展现自身的写作才能，更别提超越男性的作家。总之，在父权制的社会中，男性通常都会采用如下不合常理的逻辑来对待女性创作这件事情，即他们首先需要扼制和压抑女性的写作才能，然后开始对女性进行一定的抨击，抨击女性没有写作的能力以及才华等等，从而最终打击女性作者，抑制其写作的冲动。

在女性群体中，有一些女性善于思考和总结，她们也是写作方面的天才，因而她们也具有较强的写作冲动，愿意通过创作文学作品来实现自我，实现自身的价值。然而纵观文学的发展历史我们可以发现，事实上女性作家取得的文学成就还是没有男性作家高，这是由复杂的原因造成的，具体包括如下两点：其一，当时的社会根本就不给女性创作文学作品的机会；其二，当时的环境压抑女性的写作才能，极力地否定女性的写作才能等。这些原因和因素等共同地决定了女性的文学创作水准低于男性。需要强调的是，这并非女性缺乏写作才能。

《一间自己的屋子》的创作者就是伍尔夫，人们通过认真仔细地阅读这个文学作品就可以清晰地感知作者想要表达的内容，即很多女性拥有一定的文学创作能力或者具有较强的文学感知力，然而这些女性却找不到合适的渠道来创作作品或者发表作品。然而社会中的男性却拥有很高的地位，他们可以把自己的所见所闻、所思所想创作成作品并发表到社会中。这种现象就会使很多男性觉得自己的地位要高于女性，他们具有很强的优越感，其其实男性之所以拥有这一切和他们剥夺女性作家创作有很大的关系。换句话说，男性的创作才能和女性的创作才能是一样的，他们应该公平地对待女性的文学创作。

总而言之，女性作者开始创作文学作品有多种多样的原因，然而其最根本、最本质的原因就是女性作者希望更多的人可以看到现实社会中女性的困难处境，她们没有和男性一样平等的权利，因而这些女性作家试图通过创作文学作品引起大众的关注和重视，从而为女性争取更多合法的权利。

（二）女性文学的主要形式及其成因

通过分析世界的文学发展历史我们可以发现，女性创作的文学作品的体裁是十分有限的，我们能够看到的女性文学作品几乎都是小说这种体裁，也就是叙述体。即使在古代，这种现象也十分突出。其实在古代，文学创作的体裁主要局限于诗歌以及戏剧，然而就是在这样的背景下，女性创作的文学作品的体裁还是局限于小说，历史上只有极少数的个别女性创作了一些脍炙人口的诗歌作品。因而这种现象就会引起人们的关注和思考，为什么女性在文学史中创作作品的体裁十分有限？为什么女性更加适合使用小说这种体裁来表达观点、抒发感情等等。关于上述问题的思考，英国著名的女作家伍尔夫为人们的思考提供了方向和突破点，她指出人们应该从女性真实的生存环境、在社会和家庭中的地位以及在社会发展中承担的责任以及义务等视角来分析和探讨。通过分析便可以知道，上述关于女性的各种情况决定了女性在创作文学作品时只能够通过写作小说来表达思想。由此我们可以看到，女性的社会地位并不是很高，同时一些女性的现实处境也比较困难，这些因素共同阻碍了女性作者的文学创作，尤其是诗歌创作和戏剧创作。然而随着社会的发展和进步，越来越多的女性意识到要独立、要自强，因而更多女性的思想也变得很独立，这也为女性的文学创作奠定了重要的基础，同时使越来越多的女性可以尝试着以诗歌或者戏剧的体裁进行文学作品创作。

在伍尔夫创作的作品《一间自己的屋子》中我们可以看到，作者有仔细地描述和分析了上述的现象，并且深刻地剖析了上述现象的原因。具体分析而言，在那个时代之中，女性是被允许写作文学作品的，因而在当时很多妇女就开始创作属于自己的文学作品，这个时候就出现了一种十分特殊的现象，那就是这些女性文学创作者的性格、人生阅历以及经验都不同，可是他们在创作文学作品时却都选择了"小说"这种体裁进行创作，这就发人深思。除此之外，在大多数女性的生活环境之中，她们总是会受到很多现实因素的干扰，她们几乎没有时间专门认真地写作，更缺乏安静进行文学创作的环境。这里伍尔夫以著名的女性作家简·奥斯丁作为主要的例子进行了分析，从而使读者可以更好地理解当时女性在写作时面临的处境以及困难等。对于简·奥斯丁而言，她在创作文学作品时就经常被身边的各种人干扰，当时她没有一个属于自己的单独的房间，因而她在写作时总是会胆战心惊，总是担心身边的人会发现她在偷偷地写东西。可见简·奥斯丁的创作环境十分严峻，她很难有大把的时间能够集中精力和注意力创作文学作品，这其实也在一定的程度上阻碍了其文学创作。如果没有现实环境的限制和干扰，简·奥斯丁也许可以在文学创作中取得更大的成就。由此我们可以看到，并不是女性没有创作诗歌或者戏剧的天赋，而是女性在创作中会受到各种因素的限制，从而促使其只能够选择小说这种体裁来传递信息。

伍尔夫分别列举了多个性格以及写作才华各异的女性作者，这些作者的性格、家境、创作特点等都不相同，她们之间可能唯一相同的地方就是这几个作者都没有生育孩子。伍尔夫分析的四位女作家为：第一位是乔治·艾略特（George Eliot），第二位是艾米莉·勃朗特（Emily Bronte），第三位是夏洛蒂·勃朗特（Charlotte Brontë），第四位是简·奥斯丁（Jane Austen）。这四位女性作家都发表了脍炙人口的文学作品，并且在文学发展史中都占据了重要的位置，然而这些优秀的女性作家在创作文学作品时也都囿于小说这种体裁。根据伍尔夫的分析，这四位女性作家的性格有差异，她们每个人也都有擅长的文学创作体裁，那些体裁才更加符合作者的气质以及作者的表达需求。例如，在伍尔夫看来，艾略特在创作文学作品时更加适合创作一些历史题材的传记等，而且艾米莉·勃朗特在创作文学作品时候更加适合创作一些诗剧。从气质上进行分析，夏洛蒂·勃朗特其实是比较适合写作小说体裁的作品，然而夏洛蒂·勃朗特的心中并不是很平静，而是有很多的不满意以及愤怒的情绪，这些消极负面的情绪也会对她的文学作品创作产生较大的负面影响，这也会在一定的程度上阻碍她成为更加优秀的小说家。接下来我们分析奥斯丁，奥斯丁是一位十分优秀的女性作家，她也创作了很多经典的文学小说，如《傲慢与偏见》，这些经典的作品影响了很多人，也一直流传至今。奥斯丁之所以能够在文学创作中取得如此之大的成就和她的性格有很大的关系。她的性格十分平和，且她在创作作品时也会保持头脑清醒和理智，从而在一种和谐的氛围中进行创作。

此外，我们需要强调的是，之所以有那么多的女性作家在进行文学创作时选择小说这种体裁，原因除了当时女性的社会处境不容乐观之外，还有一个十分重要的原因就是小说这种体裁具有较强的可塑性，这样作者在创作时可以尽情地发挥自己的文学才华，能够最大程度地表达和传递自己的思想等。总而言之，在探讨女性作者和小说之间存在的各种关系时，伍尔夫细致地提出了若干种不同的看法和观点，其包含如下几个方面的内容。

第一，女性作家在写作的过程中遇到的干扰很有可能就直接来源女性作者的内心，如果她们的内心很烦躁，难以平静下来，那么她们在创作文学作品的过程中也会受到这种负面情绪的影响，从而间接地影响创作的效果。总而言之，女性在文学创作中之所以没有取得和男性一样的成就的根本原因就是她们没有和男性一样的创作条件和地位。

第二，诗歌等创作体裁也是重要的文学创作体裁，其创作者需要经过专门的学习和训练才可以掌握这项创作和写作技能，从而创作出更多优质的诗歌作品。然而由于现实干扰的存在，很多女性具有极强的写作欲望以及表达思想的诉求，他们没有熟练地掌握诗歌等体裁的创作手法，因而他们只能够通过创作小说来满足上述需求。

对于女性而言，由于她们的文学创作环境受到很多现实因素的限制，因而她们在创作文学作品时总是会别多种因素影响，被多种情境干扰等，这样也会极大地影响女性作者的创作。这也要求社会一定要重新审视女性的地位以及写作环境，尽量地为女性的文学创作创设更好的环境，这也可以激发女性作者的写作欲望以及能力，使其在平静的环境和舒畅的心境中创作更多优秀的作品。从表面上进行分析，伍尔夫好像是在认真地分析和讨论女性作者和小说的问题，实际上她讨论的是女性主义文学的问题，这是一条漫长且需要努力探索的道理。

（三）女性文学书写的历史

纵观西方的女性文学创作历史可以发现，一直以来，西方的文学发展中并没有出现女性的作家，直到 18 世纪才开始陆陆续续地出现一些优秀的女性作家。然而需要强调的是，最初出现的女性创作者并不是把文学创作当作一份职业，她们中有一些女性作者是把写作当作一种个人的爱好，而且这些女性往往都有显赫的地位，生活比较富足。随着文学创作的发展，到了 17 世纪西方的文学史中才出现了第一位把文学创作当作职业的女性作家，她就贝恩夫人。中国的女性文学发展历史和西方有很大的不同，中国的女性书写主要包含如下几个不同的发展阶段：第一个阶段就是中国历史上从蔡文姬到李清照，她们都是著名的才女，取得了很高的文学造诣。即使在她们生活的时期，文学领域中还是以男性居多，然而就是在那样的时代背景下她们也取得了一定的文学成就，被很多读者认可。一直到今天，很多现代人还是十分喜欢李清照等女性作者以及她们创作的文学作品。第二个阶段，到了近代的时期，我国江南很多地区出现了很多才女，然而这些才女也并不是真正地以创作文学作品作为职业，她们是把这种文学创作当作一种修身养性的活动。第三个阶段，太平天国农民革命爆发之后，我国很多地方开始重新审视女性的地位等，这也在一定的程度上促进了妇女的解放。从这之后，我国的文学创作历史中才开始渐渐地涌现出大量的女性文学作家，她们也极大地发挥了自身的文学创作才能，创作了很多优秀的文学作品。

当然，女性文学书写的历史因文化与地域的不同而有所不同，美国女性主义批评家肖瓦尔特把女性的文学活动当作各种不同的"亚文化群"考察，发现它们都经历了如下三个阶段：

（1）在一个较长的时期内，女作者们不自觉地模仿正统的流行模式，向占统治地位的艺术标准靠拢，并使之内化为自我的一部分；

（2）部分女性发现了其中的问题，开始反对正统的文学标准及其价值，便进入到倡导和建立不同价值标准、要求自主权的时期；

（3）从对敌对派的依赖中挣脱出来走向独立，是真正的自我发现，为取得自我身份认同的时期。

伊莱恩·肖瓦尔特（Elaine Showalter）在她创作的文学作品中分别对这三个不同的阶段进行了命名，从而加深读者的理解。这三个阶段的命名为：第一个阶段是女性气质阶段，人们也可以把它简称为女人气阶段。第二个阶段是女权主义者阶段。第三个阶段是女性阶段。需要强调的是，这三个不同的阶段只是一个笼统的划分，它们之间并没有明确的时间划分节点，而且这三个阶段的时间也有一些重合的地方。例如，有的时候当人们去分析以为作家时，我们甚至可以从这个作家的身上找到如上三个不同阶段的创作特点，因而这种划分方式也具有重要的意义，具体表现在如下两个不同的层面①。

第一，这代表了女性的作家在创作文学作品的时候不可能完全和她们生活的现实情境分离开来，因而她们创作的文学作品都能够在一定的程度上反映现实的社会以及人们的真实生活状态。

第二，很多女性现实生活的环境并不是很乐观，她们有自己独立的思想和态度，因而她们想要和现实的价值理念等进行对抗，这时候她们表现出了一种反叛的精神。这也是女性获得独立以及思想解放的重要路径。

二、确立女性主义的批评体系

（一）质疑传统的文学标准

一直以来，在文学的发展历史中，女性都没有被很多人关注，他们很少发言甚至都没有机会来发言，表达自己的思想和看法等，究其原因主要包含如下两个点：第一，当时的女性没有很高的社会地位，她们在实际的创作中也会受到很多现实因素的干扰和影响；第二，当时传统的文学标准基本上都是根据男性作者的写作情况进行制定的，具有较强的针对性，因而人们很难用这些文学的标准来评价女性的文学创作，这种评价标准对女性而言是不公平且不准确

---

① 王琼. 19 世纪英国女性小说研究 [M]. 合肥：安徽文艺出版社，2014：213.

的。因而很多女性主义者就根据实际情况提出了如下的观点，即女性的文学创作者要想改变现有的状况和地位，她们就需要勇敢地质疑现行的文学标准，从而推动文学标准的改革，使文学标准也要考虑女性作者的因素。

通过分析可知，女性批评主义的兴起始于一些女性的作家提出的质疑，她们根据当时的现实情况提出了一些质疑的问题等，从而不断地推进了女性批评主义思想的发展。最初这些女性作家质疑的地方就是当时的文学标准。著名的作家玛格丽特·阿特伍德（Margaret Atwood）分析、总结并归纳出当时存在的几种具有较强典型性的性别歧视的批评模式①，具体分析如下。

第一就是"评论指定"。通常情况下，有关女性的作品都需要专门的人员来写相应的评论，即书刊的专栏编辑，而且尽量会请女性的评论员进行写作，这种过程和形式就体现了评论指定。这种批评模式就具有较明显的特点，那就是批评者会提前把女性的文学作品进行批评类型化处理。

第二就是"奎勒·库奇症状"，这个现象是根据英国的文学家奎勒·库奇（Quiller Couch）的名字进行命名的。库奇是一位杰出的文学教授，他任职的学校是剑桥大学。他曾经就女性的文学创作发表过一些自己的看法，在他的看法中，男性和女性之间存在多个方面的差异，因而男性和女性创作的文学作品风格之间也存在一定的差异。一般男性的文学作品风格是偏向于勇敢、有活力，而女性的文学作品风格则是偏向于敏感、柔和等等。在库奇这种固有思想的影响下，很多评论家在分析和评价女性创作的文学作品时就会直接套用或者沿用这种已有的评价思路，有时候他们只是简单地翻阅女性作家的文学作品，然后按照上述思路直接进行评价，根本就没有认真仔细地阅读女性作者的作品。实际上，文学作品评论家的这种做法对女性作家是不公平的，这种批评模式也有待引起人们的重视，并且进行相应的调整。

第三就是女画家症状。其实不只是在文学创作领域中女性会受到不公平的待遇，在绘画领域中这种现象同样存在。例如，在绘画领域中，当一个女性完成一幅美术作品时，这个时候男性的画家就会使用两套完全不同的评价术语。当男性画家看完这幅画感觉画的很优秀时，他就会认可并且赞美这位女性画家为真正的画家；而当男性画家看完这幅画感觉画的不是很让人满意时，这个时候他们就会称呼这个画家为女画家。这就好像在他们的潜台词中，女画家的绘画水平就十分有限，她们就难以画出让受众满意的作品。这种评论的说法也可以广泛地应用到文学创作的评论中。在那些男性评论家的观念中，当女性创作的文学作品很优秀时，男性评论家就会称赞他们，并且没有看重女性作家的性

---

① 魏天真，梅兰. 女性主义文学批评导论 [M]. 武汉：华中师范大学出版社，2011：38.

别。相反，当女性创作的文学作品不是很好时，男性评论家就会认为她们是女性，因而其作品的侧重点不同。

第四就是家庭妇女的问题。事实上，很多男性的评论家在评论女性作家的文学作品时很难做到客观公正地进行评论，那是因为在他们的固有思想中，很多女性的思想以及眼界都比较狭隘，因而这些女性作家创作的文学作品总是会围绕着家庭琐事进行描写和描述，因而这些男性评论家在分析和探讨女性作家创作的文学作品时才会出现上述的情况。实际上，由于当时女性的处境不是很乐观，因而一些女性作家在创作文学作品时会过于关注家庭问题以及家庭矛盾等，但是她们也会适当地关注其他方面的问题，并非完全只关注家庭问题，这就需要男性评论家调整自己的心态，从新的视角重新认识女性作家的作品，要客观公正地对女性作家进行评论，而不是带着有色的眼睛对其进行不公平的评论。

下面我们以美国学者文森特·里奇（Vincent B. Leitch）的批评作为重要的例子进行分析。女性同性恋是文学的一个主题，里奇对于这种主题的文学作品有自己的看法，在里奇看来，女性同性恋不仅仅是一种十分单纯的性取向问题，是有关的女性选择的一种与众不同的生活方式，他还认为这是女性对当时的社会统治秩序的公然挑战，因而他的这种批判说法就具有较强的现实意义。这里需要强调的是，在女性主义理论里面，人们追求公平公正的文学标准，实际上这对于女性文学作品的发展具有较大的意义。

众所周知，传统的文学标准存在一些现实的问题，因而相应的人员需要去结合现实情况适当地调整和改变文学的标准，从而对女性创作的文学作品持更加包容和开放的心态。这里强调的是人们去改变相应的文学作品，而并不是要求人们去放弃这些已有的文学标准。这是完全不同的概念。总之，随着越来越多的女性作家尝试着创作文学作品时，人们应该重新确立新的女性主义的文学标准。这个文学标准应该能够满足如下几个方面的要求：第一，女性主义的文学标准要进行相应的调整，评论家应该从多个角度全面详细地评论女性作者创作的文学作品，他们在评论时不仅考虑作品本身的内容、传递的精神等，还应该考虑女性作者的性别特征等，从而使评论更加科学、具体并且有针对性。第二，女性主义批评的内容应该很广泛，要具有多样性，从而满足不同层次读者的实际需求。

（二）界定女性文学

在研究女性文学时，人们要改变传统的文学标准，从而使评论者可以从更加客观、科学的视角分析和探讨女性文学。通常情况下，女性文学创作中关注的是激情，因为这种情感具有较强的力量感，同时具有较强的创造性。女性文学并没有把关注的重点放到表现性欲的层面上。此外，女性文学要求创作者关注女性内心的真实表达和情感，要突出女性对自由的追求。

在法国确立的女性书写理论里面，它提倡的就是作者应该使用女性的文体，可以适当地描写身体，然而她们的主张也不是完全正确的。她们强调要把女性作为写作的核心，这种观点本身也是有偏颇的，也是被很多其他的女性主义者提出异议的看法。值得肯定的是，女性文学一定要重视女性的思想以及价值观，然而这并不是关注的唯一重点。

（三）女性主义批评的基本原则

女性主义文学批评的基本原则主要包括如下两个原则：第一个原则就是作为女性而阅读，第二个原则就是阅读女性。女性主义文学批评之所以确定了上述原则的根本原因就是，这两个原则能够使人们更多地关注女性的独立思想以及性别特点，同时这两个原则的应用范围十分广泛，具有较强的灵活性，因而便于人们的评价。这两个原则也充分地体现了女性主义批评具有一定的开放性。

具体分析而言，"作为女性而阅读"就是要求文学批评者在分析和研究女性的文学作品时能够从女性的视角和立场来探讨，这样才会更加客观。"阅读女性"就是指文学批评者要关注女性作者的创作动机、环境、技巧等内容，同时要认真地分析作品中出现的各种不同的女性性格、人物命运等。

第二节　基于女性视角下的英美文学审美研究

一、基于女性视角下的英美文学的审美价值演变

（一）英美文学生长概貌

英国文学源远流长，经历了恒久、庞大的生长演变历程。在这个历程中，文学本体以外的种种现实的、历史的、政治的、文化的各个方面对文学孕育发生着影响，文学内部遵照自身规律，历经盎格鲁-撒克逊、文艺再起、新古典主义、浪漫主义、现实主义、今世主义等差异历史阶段。战后英国文学，大略

出现从写实到实验和多元的走势。

美国文学在 19 世纪末就已不再是"英国文学的一个分支"。进入 20 世纪，美国文学日趋成熟，成为真正意义上独立的、具有强壮生命力的民族文学。战后美国文学历经 50 年代的新旧交替、60 年代的实验主义精神浸润、70 年代至世纪末的多元化生长阶段，形成了差异于以往历史时期的光显特色和特性。

（二）英美文学批评理论概述

20 世纪被称为"批评的世纪"。文学批评理论沿一条从"内在的研究"到"外在的研究"轨迹生长。"新批评"、结构主义、解构主义、新精神分析、读者应声批评、新历史主义、女性主义、后殖民主义等种种批评理论改造了文学看法，从基础上转变了人们对文学传统、文学与文化、文学与社会关联的认识，为文学研究开发出新的天地。

（三）英美文学的认知功效和艺术价值

文学是对人生体验的文化表征。文学作品隐含对生存的思考、价值取向和特定的意识形态。阅读英美文学作品，是相识西方文化的一条必经途径，可以打入到支持表层文化的深层文化，即西方文化中带基础性的头脑看法、价值评判、西方人通常使用的视角，以及对这些视角的批评。

英美文学是对时期生存的审美体现，是英国人民和美国人民创造性使用英语语言的产物。英语表意功效强，或雅致，或普通，或蕴藉，或明快，或婉约，或粗犷，其富厚的表现力和奇特的魅力在英美作家的作品里得到了淋漓尽致的发挥。阅读良好的英美文学作品，可以以为到英语音乐性的语调和五光十色的语汇，回味其"弦外之音"。

（四）英美文学研究

对于我国的研究者而言，他们学习、借鉴、研究英美文学具有重要的价值和意义，其具体体现在如下几个方面：第一，研究者研究英美文学可以帮助其更好地了解和熟悉西方的文化以及发展历史等，从而进一步地开展中西方文化的对比，便于人们更好地吸收借鉴西方文化中的优秀部分，同时发扬和传承我国的优秀传统文化；第二，研究者研究英美文学可以为中国的文学发展带来一定的启示，从而帮助我国的文学创作者更好地掌握文学创作的技巧以及要领等。在具体的英美文学研究中，我国的研究者一定掌握准确、科学的研究方法，从而高效地开展研究，如研究者可以深入地研究英美文学的小说作品，亦或是深入地研究英美文学的诗歌作品等等，从而使研究更加深入和具体。众所周知，英美文学的作品体裁非常多样，因而研究者在研究的过程中一定要使研究更加具有系统性。

二、基于女性视角下的英美文学的教育价值

研究者认真地研究英美文学作品具有较大的现实意义，这是因为英美文学就好比是研究者生活中的一面镜子，人们通过了解和分析英美等国家的文化、历史等就可以重新认识和思考我国的文化发展等等，从而使人们可以从更加全面、新颖的视角认识本国的文化、历史等。其实这个过程也是一个寻求真、善、美的过程，在这个过程中，人们可以看到很多的人物以及历史故事等，从中受到很多启发，并且把他们学习到的专业知识以及优秀的道德理念等融入我国的文化中，提升读者的综合素质。众所周知，在我国大多数高校的英语专业中，大学生在学习英语的过程中都需要认真地学习英美文学这门课程，这是一门十分重要的课程，同时是高校里面英语专业学生在高年级所要求必须学习的课程。也就是说，英美文学课程是英语专业学生的必修课程之一。这门课程的学习对于大学生而言具有重要的意义，具体体现在如下几个层面：第一，通过学习英美文学课程，大学生可以巩固和复习已经习得的英语基础理论知识和技巧等；第二，通过学习英美文学课程，大学生可以在适当的时机练习和运用英语这门语言，发挥其重要的工具作用，因而其有助于提升大学生的英语实际运用能力；第三，通过学习英美文学课程，大学生可以对西方的文化以及西方的文学作品等有更加深入全面的认识和了解等，从而加深学生的文化功底以及文学素养；第四，通过学习英美文学课程，大学生可以具备较强的文学鉴赏能力，他们可以更好地掌握文学鉴赏的方法、步骤以及技巧等，从而批判的学习和吸收英美文学中的优秀知识；第五，通过学习英美文学课程，可以加深大学生对生活的感悟和理解，从而使学生更加热爱现有的生活，珍惜这来之不易的幸福生活，并采取实际的行动来建设美好的生活；第六，通过学习英美文学课程，可以熏陶和提升大学生的人文素养，从而间接地提升大学生的文学综合素养；第七，通过学习英美文学课程，可以帮助大学生养成独立快速高效阅读的好习惯，这样也可以增强大学生的自主性，增强其独立分析问题以及解决问题的能力；第八，通过学习英美文学课程，大学生可以接触和了解更多的文化，这样可以拓宽大学生的视野，促使其形成发散的思维，提升其创造性。

众所周知，在我国多数高校的英美文学课程教学中，英语教师都是采用传统的教学方法来讲授英美文学的知识，这种模式就是：英语教师在课堂中不停地讲解英美文学的专业知识，而学生在课堂中只能被动地学习教师讲授的英美

文学知识，这个过程往往十分紧凑，因而学生在课堂中也很少去主动思考教师讲授的知识，即使学生听不懂教师的内容，他们也很少会质疑教师的教学工作。由此可见，我国高校这种传统的英美文学教学模式存在很多弊端，其难以激发起学生的学习热情，同时也会降低教学的效率。此外，在英美文学的课程中会涉及很多流派以及很多作家，然而高校中英美文学课程的时间是有限的，因而教师在课堂中很难详细地向学生介绍每个流派的作家以及这些作家的优秀作品，这也给教学带来了较大的难度。事实上，对于很多大学生而言，他们在英美文学课程中可以学习到的知识也是有限的，很多大学生也只是能够简单地记住作家的名字以及其经典著作的名字，学生可能并没有认真阅读过这些经典的著作，而且也不是十分熟悉和了解这些著作的内容以及传递的思想等。因而在现代化的信息技术时代，高校的英语教师一定要充分地意识到传统教学模式的弊端，并且尝试把新颖的英美文学教学方式引入教学中，从而探索和创新教学的模式，力图提升英美文学的教育质量。

第三节　夏洛蒂·勃朗特《简·爱》及女性意识的顿悟

一、夏洛蒂·勃朗特《简·爱》

1846 年的春天，有一天勃朗特家里的三个姐妹就像往常一样在他们房子的周边散步和聊天，她们经常都会一起散步和讨论自己的想法以及自己文学创作的主题以及方向等，从而从其他人那里得到反馈和灵感，这样的沟通方式无疑是十分高效且便捷的。那一天的天气十分严寒，房子的外面不仅挂着冷风，同时还夹杂着一点小雨，因而这三姐妹的精神十分清醒和兴奋，他们在讨论文学作品的女主人公时分别提出了自己不同的想法。例如，艾米莉和安妮都一致地认为，小说中的女性主人公都应该是绝代佳人，她们不仅出身高贵，有美丽的容颜以及气质，同时她们能够散发独特的个人魅力，能够吸引很多异性的关注。然而姐姐夏洛蒂这个时候并不完全认同她们两个人的看法，她对于小说中的女性主人公有自己独特的看法，即在夏洛蒂的理解中，小说里面的女性主人公并不一定都是绝代佳人，她们也可以是长相十分普通的普通人，因而她决定她要重新塑造一个与众不同的女性主人公，这个主人公的长相十分普通，甚至还不如普通人，同时这个女主人公的身材也欠佳，她的个人不高，身材比例也一般，然而夏洛蒂相信这样的女主人公身上也会有闪光点，也会闪烁着人性的光辉，并且会被读者接受、认可和喜爱。于是夏洛蒂就开始着手创作小说，一年之后她就创作了经典了销售《简·爱》，里面的女性主人公就是夏洛蒂描述的特征。

通过分析《简·爱》这部小说的情节以及小说结构我们可以发现，《简·爱》这部小小说结构构思巧妙，作者也为女主人公塑造了很独特的性格特征，因而这部小说能够被很多人阅读和认可。人们阅读这部小说就可以发现，女主人公的一生并不是很顺利，她也经历了一些苦难，但是主人公并没有认输或者消极对待，她反而进行了积极的思考，并且愿意与命运做斗争，从而争取自己的幸福。这个小说中的故事可以带给读者很大的能量，能够鼓舞普通人重新审视自己的生活，同时要热爱生活，要珍惜现有的生活，更要有勇气来解决现实生活中遇到的问题和困难等。

二、女性意识的顿悟

夏洛蒂·勃朗特是英国著名的女作家，她的一生创作了多部脍炙人口、引起大众情感共鸣的小说，如在世界范围内成为经典的作品《简·爱》以及《维莱特》等等。纵观这些文学作品人们可以发现，夏洛蒂·勃朗特在创作这些小说时都是把爱情当作其重要的主题以及主旋律，然而其在讲述和歌颂爱情的同时也在强调顿悟的女性意识，即女性也是独立的个体，她们在追求物质生活的同时也要追求自身的精神生活等，这种顿悟的女性意识始终贯穿于其小说之中，从而给更多的读者带来力量感。例如，在小说《简·爱》中，女性意识的顿悟就十分明显，作者也是想通过这个主人公的境遇和反抗来使更多的女性意识到自身的价值和力量，从而促使每个女性个体都能够成为更好的自己。

自从夏洛蒂创作并且发表了《简·爱》这部小说，这个小说就畅销全球，并且影响了很多国家不同的群体和个体。实际上，读者正是被小说中体现的女性意识所吸引和鼓舞。这种女性意识也是很多现实生活中普通女性所需要的一种精神和指引，因而其对很多女性产生了较大的影响。

下面我们分析作者所处的时代背景：在作者生活的那个时代，当时的英国政府部门已经采取了必要的措施来推动资产阶级的民主改革，然而这种改革的力度其实并不是很大，这些部门也是从表面上提出了若干项改革的建议以及措施，但是政府并没有真正地使妇女获得和男性一样的权利。实际上，在当时的英国地区，女性和男性的地位是不同的，男性拥有着至高无上的权利，而女性则身份十分卑微，可见当时的英国社会根本就不存在男女平等。换句话说，在当时的英国地区，有一部分的女性接受过良好的教育，然而她们却没有属于自己的财产，因而这部分的女性就会选择去学校教书或者到其他人家庭中去担任家庭教师来获取一部分的收入，这也是其经济的重要来源之一。除此之外，这些女性几乎也没有权利来自由恋爱，选择自己的婚姻等。甚至在一些富有的大家族中，女性的婚姻就是一桩很好的买卖，他们会根据家族生意的需要等为家中的女性安排门当户对的婚姻等，从而达到一定的目的。对于这些女性而言，她们的处境比较糟糕，她们没有选择的自由，而是任由家族安排和摆布，从而使自己的人生过得很不幸。这种现象在 19 世纪的英国地区有且突出。夏洛蒂·勃朗特也是处于这种情景的女性之一，因而这些处境和现状使她突然顿悟，从而带给她创作的灵感，促使其创作具有反抗意识的新时代女性，其中最为典型的人物形象就是简·爱。

在著名的女作家夏洛蒂·勃朗特的笔下，所塑造的简·爱是一个比较新颖的女性形象，这样一名女子勇敢地对现实中的社会秩序进行反抗，不心甘情愿地接受命运的安排，而是把握自己的命运，自己的命运自己主宰，并且头脑中都是一些比较新型的伦理道德观念。简·爱的外表不只是不出众，甚至可以说很普通，也没有什么家产，即便是这样，她的内心非常真挚和热情，就好像是有一团燃烧的火焰，在平时的时候非常平静和柔和，但是，到了关键的时刻，却能行动起来，非常果断，自己主宰自己的命运，故而，简·爱获得了她的主人的爱情，收获了真挚的感情。简·爱之所以喜欢并且最终爱上她的主人——罗契斯特，不是为了贪求荣华富贵，也不是为了权势，而是因为两个人不论是在思想上还是在感情上，都有一些共同之处，可以心灵互通，展现出热烈的情感。当简·爱知道罗契斯特已经有合法的妻子的时候，即便是他的妻子变成了一个疯子，她还是选择了离开罗契斯特，就算自己到处流浪和奔波，她也不想成为罗契斯特的情人，简·爱要求在婚姻中获得法律的认可，具有平等的权利和独立性，人格尊严得到保证。到了后来，简·爱亲眼看到了罗契斯特遭遇的各种不好的事情，心甘情愿把自己的命运和他的命运绑在一起，最终和罗契斯特走到了一起。当圣·约翰向简·爱求婚的时候，简·爱并没有答应他，因为她知道，他们两个人之间是没有爱情的，圣·约翰只是把她当成传教的工具罢了，她才不会放弃自己独立的人格去服从圣·约翰，这些都表明，女性的意识开始觉醒了。

简·爱有一套自己的爱情价值观，她认为，要想结婚，只能是以爱情为基础，实际上，真正意义上的爱情和外在的任何条件都没有关系，也不能受到利害关系的支配，其可以打破财产、门第等的束缚，最终促使男人和女人在精神上相契合，在心灵上进行沟通。简·爱宣称，婚姻并不是在商业上签订契约，而应该是人的心灵和心灵的自由结合，当一个女人活在这个世界上的时候，她所做的一切都是为了让自己获取生活的权利，既独立，又自主，能够得到人们的平等对待。简·爱的婚姻观念展现的是底层的女性的道德诉求，与此同时，这也是因为当时的英国把金钱当作婚姻的基础条件，算是对这种婚姻习俗的反抗。

夏洛蒂·勃朗特自身所具有的女性意识，还展现在其敢于打破传统意义上的艺术模式。以往的爱情故事的主人公都是一些才子佳人、帅哥美女，这是传统意义上的爱情故事的主体框架。从古希腊时期开始，爱情故事中的男主人公大都是比较英俊的，女主人公大都是比较漂亮的，再或者就是一些比较肤浅的三个人的恋爱，相互之间争风吃醋，引发感情上的斗争等。在《简·爱》这部小说中，夏洛蒂·勃朗特并没有抄袭以前的人写故事的传统，而是展现出艺术的新思路。男主人公罗契斯特既不是什么英雄人物，也不是一个完美的男人，作者特别表现了其身上展现出来的消极的一面，这样做的目的主要就是为了把其本质的性格表现出来。罗契斯特虽然表面上一副玩世不恭的模样，但是，其内心深处是非常真挚和正义的，简·爱透过表象发现了其内心的美。简·爱也不是什么美女，并且身材比较矮小，面庞也不是很好看，胸也不大，缺乏女性的线条美，经济状况堪忧，使用现代年轻人的说法，那就可以说是非常差了，但是，其身上有很多优秀的品质，比如坚强勇敢、聪慧过人，具有高尚的人格。虽然男女之间的年龄差别非常大，地位也是天壤之别，甚至到了后来，身体上出现问题，这些都不能阻碍爱情的出现，不能影响心灵的碰撞和融合。夏洛蒂·勃朗特的女性意识在其文学作品中表现可谓是非常突出，其超越了传统意义上的现实主义艺术手法。

不论我们怎么看，简·爱最后选择罗契斯特是唯一的决定，除了这一选择以外，是不可能还有其他的选择的。我们还可以使用阅读推理的方法做出其他的设想，比如，简·爱在一开始的时候就变成了罗契斯特的情人的话，虽然看着这是一个还算幸福的结尾，但是，这样的感情会让人活得非常不踏实，永远生活在道德沦丧的边缘，内心深处始终感到屈辱。为什么是这样的感觉呢？那个时候的罗契斯特非常骄傲和自满，喜欢当高高在上的赏赐人员和保护别人的人，根本就不喜欢扮演其他的角色。如果简·爱答应了圣·约翰的求婚，变成其传教的帮扶者，这样的选择可能是所有读者朋友都不想看到的，那样的情况下，简·爱自身的人格的丧失将会更加严重。通过这一系列的分析，我们可以看出来，在芬丁庄园的结局就是完美的结果，也是一种必然出现的选择。简·爱拒绝了两次求婚，并且离家出走一次又回来一次，这都展现出一种比较新型的平等和独立的爱情观念和伦理思想。假如你是一个对简·爱的命运非常关心的人，或者是一位当代的年轻的女性读者，你会做出什么样的选择呢？是不是还会有更好的选择呢？

因为夏洛蒂·勃朗特借助于简·爱的爱情故事，展现出具有资产阶级民主主义进步思想的爱情理念，这一爱情理念是建立在平等、独立的基础上的，批评了现实社会中的陈旧的习俗和不良之风，故而，在那个时候引发了社会的广泛关注，并对相同时期的其他女性产生了深远的影响。很多女性都从《简·爱》这部小说中获取了无穷无尽的力量，明确了自己的生活目标，对未来充满期待，渴望独立、自由和平等，希望摆脱从属的地位。夏洛蒂·勃朗特在小说中所塑造的这一女性人物形象，影响了旧世界的传统秩序，促使人们去发现更新的世界。夏洛蒂·勃朗特的精神世界非常丰富，人们可以从中获得无尽的财富。

需要指出来的一点是，《简·爱》这部小说刚刚出现的时候，让很多维护旧秩序的统治阶级极为不满，甚至非常生气，把夏洛蒂·勃朗特所描绘的爱情当成污秽的东西。针对这样的情况，夏洛蒂·勃朗特给予了很好的回击，她认为，习俗和道德是不一样的，伪善和宗教也是不一样的，旧秩序的维护者实际上就是一些伪道德学家。夏洛蒂·勃朗特的小说《简·爱》打破了人世间的所谓的神圣不可侵犯的法规，推动了宪章运动的出现和发展，具有一定的反叛精神。这足以说明，夏洛蒂·勃朗特的小说《简·爱》具有跨世纪和跨国界的重要作用，对夏洛蒂·勃朗特来说未尝不是一件值得欣慰的事情。

这么多年来，夏洛蒂·勃朗特的小说《简·爱》所塑造的女性形象可以说是女性意识觉醒的典范，具有崇高的道德感，男女主人公之间心意相通。这部小说中的女性意识让很多女性都产生相同的感触，并且把其当作学习的榜样，故而，这部小说无数次在屏幕上出现，一再地印刷和发行，其所拥有的读者和观众也越来越多。为什么可以出现这样的情况呢？最主要的就是夏洛蒂·勃朗特勇于和历史发展的趋势相吻合，展现出一种和道德相呼应的比较新颖的爱。

现在我们来说一说简·爱精神是什么？简·爱女性意识所指的到底是什么？有的人说指的是桑费尔德庄园的鲜花，有的人说指的是简·爱亲自画出来的画，有的人说指的是简·爱的头上佩戴的帽子……这都是不准确的，实际上，简·爱精神指的就是一种鸟的精神，这些从夏洛蒂·勃朗特的小说中就可以看出来。

埃伦·莫尔斯（Ellen Moers）是非常有名的女性主义批评家，她在《文学妇女》中曾这样说过："鸟的比喻仅象征着小吗？……鸟是公认的爱的标志……的确，没有鸟，没有那些成双成对的动物，简·爱与罗契斯特的爱情就不会从浪漫的开始走向美满的团圆。"简·爱和罗契斯特在一个漆黑的夜晚相遇，这条小路到处都是清冷的月光，罗契斯特满身男子气，其飞快地骑着黑色的马，但是，他的脚摔伤了；这个时候的简·爱就像是一个小巧的孩子，"就像一只红雀跳到了我的脚下，要用它那细小的翅膀将我载运"，她"像一只迫不及待的小鸟"瞪着眼睛，非常好奇，直直地看着他，简·爱在罗契斯特的怀里不断挣扎，罗契斯特像"一只威武的老鹰，缚在一根木头……不得不恳求一只麻雀给它觅食"。①

鸟儿可以在两种环境下生存，其既可以在天空中自由自在地飞翔，也有可能被关在笼子里成为人们喂养的宠物。在笼子里，鸟儿虽然可以唱出动听美妙的歌声，但是，却很容易被人们所忽视，时间久了心情就会压抑。从古到今，很多文学家都把女性比喻为笼中之鸟，但是，夏洛蒂·勃朗特从新的视角来对女性进行描绘。埃伦·莫尔斯找到了简·爱精神的本质含义。当罗契斯特提出不合法律的婚姻的时候，简·爱拒绝了，因为她不想过那种不正当的非道德的家庭生活，"简，冷静些"，他说，"别这样挣扎，像一只发狂的鸟……她的回答是勃朗特式的自负，但同时也有勃朗特的智慧。她用了一个比喻，让人做出神圣的女性联想：'我不是鸟，没有网能缚得住我；我是个自由的人，有自己独立的意志，所以我现在得离开你。'在勃朗特的作品中，两种向往对女性自由和道德自由的向往——通过鸟儿自由翱翔这一比喻得到了充分的体现。"②我们可以这么说，埃伦·莫尔斯的论述是针对简·爱精神的最具有代表性和形象性的描述。

---

① 丁芸. 英美文学研究新视野 [M]. 杭州：浙江大学出版社，2005：86.
② [英] 玛丽·伊格尔顿，编. 女权主义文学理论 [M]. 胡敏，等，译. 长沙：湖南文艺出版社，1989：365.

第五章　英美创伤文学重点问题解析与研究

创伤是人类生活最基本的体验之一，与文学有着密不可分的关系。本章首先分析了创伤的相关基础性知识，接着进一步论述了麦克尤恩小说中的创伤心理，探讨了凯瑟琳·安·波特小说中的创伤叙事，最后详细地研究了创伤视域下《赎罪》中的叙事治疗等内容。

第一节　创伤概述

学术界对创伤概念的研究发端于 17 世纪医学领域，经过 19 世纪现代工业发明发展对人类生活的推动和影响，创伤研究从医学领域转向社会领域、从病理学转向心理学，在 20 世纪两次世界大战之后达到高潮，创伤理论渐趋成熟。它主要表现在两个方面：其一，以"创伤"为核心的一系列概念被制造出来并广泛使用，如"文化创伤、创伤叙事、创伤记忆"等；其二就是以心理学为主要阵地，创伤理论在社会学、历史学、政治学、文学、艺术学等众多学科中被跨界使用并对其产生了重要的影响。

一、"创伤"的概念梳理

从词源来看，"创伤"这个词最早出现在 17 世纪中期的医学文献，它最初的意思是身体上的"伤口"。那时的医生认为人的身体有自我修复和治愈功能，但假如创伤超过了身体所能承受的限度，就会导致神经系统受损，人的行为、心理和智力功能会遭破坏。19 世纪 70 年代由尚－马丁·夏柯（Jean－Martin Charcot）开创的歇斯底里症研究就集中关注创伤的病理学特征。

19 世纪中后期，创伤的动因和类型发生了重大变化，它越来越与工业文明以及急速前进的现代生活相联系。创伤被理解为工业化社会进程的不幸后果，与之相伴的不再是令人震惊的生理伤口，而变成了焦虑、病态的精神伤口。夏柯的追随者西格蒙德·弗洛伊德（Sigmund Freud）就致力于解释歇斯底里症患者形成精神创伤的原因和过程，他把创伤从病理学引入到精神分析学，把创伤的形成与受抑制的意识联系起来，提出了治疗创伤的关键在于通过对话"把含有症候意义的潜意识历程引入意识"①的观点。

第一次世界大战之后，创伤研究从精神和病理层面转向心理研究，对士兵在战争所受的创伤进行分析与治疗成为当时创伤研究再度兴起的主要原因。从当时称为"炸弹休克"或"战斗精神官能症"的战争创伤，到后来对创伤的心理结构进行探讨，这一趋势在 1918 年达到高潮。1918 年，美国精神分析学会正式承认创伤现象存在，并将其命名为"创伤后应激障碍"。这一命名意味着创伤不再局限于个体，在战争激化下，它已经成为一种不容忽视的普遍社会现象，集体创伤成为当代创伤研究的重要对象。

第二次世界大战以及 20 世纪中后期各项社会运动的发展，催生了创伤研究的新维度，在对纳粹屠犹、种族冲突与清洗、战争大屠杀等人类暴行进行反思时，文化创伤渐次取代了自然创伤而越来越受到不同学科关注，创伤记忆而不只是创伤体验也越来越成为创伤研究的焦点。1996 年，美国卡西·卡鲁斯（Cathy Caruth）的专著《未认领的经历：创伤、叙事和历史》（*Unclaimed Experience：Trauma，Narrative and History*）正式提出了创伤理论。2004 年，美国杰弗瑞·亚历山大（Jeffery C. Alexander）在他编的论文集《文化创伤与集体认同》（*Cultural Trauma and Collective Identity*）正式提出了"文化创伤"概念。当代创伤研究中的"创伤"越来越多文化，脱离了它的自然维度，转向强调创伤被文化建构的过程与结果，"文化"成了界定创伤的关键词，创伤研究成了文化社会学一部分。

在"创伤"词义及其使用范围的演变中，一个关键转折点是弗洛伊德对创伤的精神分析学分析。他试图借助对话来沟通被抑制的潜意识和意识，把"创伤"分成了创伤经历和创伤言说两个层面的问题，创伤研究也因此被替换成了创伤记忆研究。创伤记忆研究既包含对创伤经历本身的研究，也包含对创伤言说、创伤表征的研究。前者基于史本位，将创伤视为已然发生的事实，对事实来源、事发环境、亲历者及其共同构成的历史进行考证和梳理。第一次世界大战为这类研究提供了大量事实依据，一战后关于战争创伤的研究也推动了医学、心理学以及传统历史学等多学科对创伤的理解。后者基于人的本位，对创伤经历和创伤记忆被讲述、流传、重新创造，最终对现实社会形成影响的过

---

① ［奥］弗洛伊德. 弗洛伊德心理学［M］. 李文禹，李慧泉，译. 北京：台海出版社，2018：425.

程进行反思。第二次世界大战深化了人们对人性的思考，而语言学转向与史学研究从传统的总体史学向现代新史学的转型，则为其提供了理论可行性。

创伤概念被分为两个问题（事实和表征），为 20 世纪以来形成两种创伤研究路径奠定了基础。事实研究关注细节和现场，主要涉及心理学和历史学；表征研究注重反思和理解，主要涉及社会学和文学。

二、创伤是文学发生的动机

我们可以借助于文学作品来把创伤表达出来，创伤的体验也可以通过文学性的作品展现出来。创伤和文学之间之所以说具有这样的因果关系，主要是因为存在两种相互融合的立场——创伤主体的立场、文学客体的立场。

对于创伤主体来说，所谓的创伤就意味着自我和现实之间已经没有了平衡性，原本的统一性不存在了，也没有了连贯性，作为本我已经并不能感受到自己和周围的环境之间的和谐与融洽。不论是自然性的灾害，还是战争的损害、亲人去世的离愁别绪等，这些都可以说是给主体带来的创伤。每个人针对创伤产生的感受是不一样的，故而，每个人表达的方式也就不一样。有的人会选择沉默不语，寄希望于新的生活，时间久了，经历过的创伤就会被慢慢遗忘，最终促使自己完全康复；有的人会把自己的故事讲给别人听，在讲述的过程中缓解自身的伤痛，还能得到别人的帮助；有的人喜欢借助于语言文字来表达自己内心的不痛快，从而获得一定的慰藉；有的人喜欢旅游、收藏等，通过这样的方式促使过去和现在达到一定的平衡；有的人会选择一种宗教信仰，通过虔诚的膜拜降低伤痛；当然，也有一些人会选择放弃自己曾经的信仰，因为自己的苦难并不能通过信仰得到解决。不论采用的是什么样的方式，创伤主体都需要面对曾经的不堪和痛苦，并且想办法解决存在的问题。

每个人自身的创伤都是需要被展现出来的，需要得到一定的释放和解脱，最终获得实质性的解决，只有这样，才能对人的意识等产生一定的影响。创伤主体所要真正面对的原生态的伤痛实际上就是对于创伤所产生的回忆，也就是把事实、情绪和感受等混合在一起的创伤意识。故而，创伤这样的伤害是已经存在的事实，是不能被改变的，但是，创伤主体的创伤意识是一种应对性的机制，可以转变成主体针对自己所受的伤的一种防御性的保护。弗洛伊德认为，在精神分析中，对早期的创伤体验的记忆进行提取，可以有效地治疗癔症。从一方面来说，所经历过的创伤就像一道疤一样，永久地刻在人的记忆之中，并不能被完全消除，时不时地出现提醒人们自己曾经经历过这样的事情；从另一方面来说，创伤主体尝试着主动地去控制这一部分记忆，从而把创伤性的过去和现在的生活联系起来，进而寻求一种平衡，借助于各种各样的手段来调整自己，促使自己可以接受创伤体验对自身的生活的影响，进而缓解创伤产生的痛苦，最终治愈创伤。主体面对创伤想要最终实现的目标就是，有效降低创伤所产生的消极作用，实现过去和现在的平衡相处。

创伤文学最为重要的一种手段就是文学表征。我们站在文学客体的角度进行分析，文学自身就是一种记忆性的东西。我们的记忆促使我们对自己的身份产生认同感。我们所经历的痛苦的创伤并不能使我们忘怀，文学就是把这些创伤记录下来，并且不断提醒我们要以此为借鉴，反思自己的过去，进而对其他人产生一定的警示性作用。在中国的古典诗文中就有很多描述创伤的例子，比如，司马迁忍受屈辱"发愤著书"，欧阳修"穷而后工"，韩愈"不平则鸣"等。创伤可以推动文学的创作，在书写创伤的过程中推动文学的发展。埃利·威塞尔（Elie Wiesel）是纳粹屠杀的幸存者，也是犹太著名的文学作家，他创作了创伤文学《夜》（Night）这部作品，其是这样解释的，如果我们把遇难者忘记的话，那么，这就意味着他们再次被杀害了。故而，我们可以说，通过文学来记录创伤，既是一种对过去的记忆，也是对自我的一种救赎。

第二节　麦克尤恩小说中的创伤心理

一、麦克尤恩简介

伊恩·麦克尤恩（Ian McEwan）在英国文坛中占据重要位置，可以说是永远的存在，其引领了英国文学的发展，曾获得过很多文学性的大奖。麦克尤恩早期的文学作品主要有《先爱后礼》《水泥花园》《陌生人的慰藉》《时间的孩子》，这些作品关注的话题主要是一些比较敏感的东西，比如乱伦、暴力等。塑造的人物也都是道德败坏、心理黑暗的角色，不论是受害者，还是施害的一方，作者都没有对其表示批评或者支持，完全就是一种中立的态度，这一点促使人们对其存有很大的争议，故而，被称为"恐怖伊恩"。到了20世纪90年代以后，麦克尤恩的创作思想越来越成熟，代表性的作品是《黑犬》《时间中的孩子》《赎罪》《星期六》等，关注的重点不再是以前的畸形元素，而是生态、政治等更为严肃的话题，表现出作家具有强烈的社会危机意识，这个时候，人们又开始称之为"国民作家"。

二、麦克尤恩小说中创伤心理深度分析

伊恩·麦克尤恩创伤写作占据了其人生的大约四十年的时间。在麦克尤恩的长篇小说中，经常出现的话题就是创伤。在《水泥花园》中，孩子的父母去世，没有人能够及时地监督和管理孩子，使孩子的心灵充满创伤，面临窘迫的境地；在《赎罪》这部小说中，南京大屠杀给人们带来严重的创伤，很多人面临生离死别的困境；在《时间中的孩子》这部小说中，孩子丢了，给孩子的父母造成很大的心灵创伤，永远被噩梦所缠绕；在《切瑟尔海滩上》这部小说中，一对年轻的新婚夫妇，因为成人生活并不和谐，最终两个人分开；在《儿童法案》这部小说中，因为两个孩子的成长环境和过程造成的心灵充满创伤。为什么麦克尤恩的长篇小说中都是关于创伤的东西，这不只是和其自身的经历有关系，还和当时的英国社会大环境有着紧密的关系。

（一）麦克尤恩小说中童年缺失性创伤心理

在弗洛伊德的创伤理论中，儿童缺失性的创伤占据非常重要的地位。弗洛伊德认为，幼儿所经受的创伤体验远比我们所能想象出来的多得多。和成年人相比较，儿童的心理承受能力是比较脆弱的，通常就会遭受更多的创伤。实际上，不论是谁，当和自己的爱人分别的时候或者和最重要的人分开的时候，都会充满悲伤的情绪。这个时候，我们可以看出，失去了并不能被代替的人看起来像是自己的世界以外所发生的事情。因为外在失去了一些东西，继而引发内部失去了一些东西，当人们意识到自己失去的是非常亲密的一部分的时候，就会产生悲伤的情绪。麦克尤恩在童年的时候因为和父母分开，充满痛苦的感受。麦克尤恩是在英国的一个军人家庭中出生的，他的爸爸是一个级别比较低的职业军官，年轻的时候由于家庭比较贫困而辍学。他的妈妈来自于一个劳工家庭。当麦克尤恩还很小的时候，爸爸妈妈就把他送到了寄宿制学校学习。这个学校的学生大都是一些贫困家庭的孩子，麦克尤恩天生比较害羞，很难适应这样的学校生活。就是因为这样的童年生活，促使麦克尤恩内心充满伤痛，即便是在其以后的小说创作中还是会提起相关的话题。

因为麦克尤恩在童年时期缺少爸爸妈妈的关心和爱护，故而，他的整个人生都受到了影响，在其多部小说中都有谈及。在很多小说中，麦克尤恩描绘了疯狂的父母、离婚的父母、没有做好准备的父母等，都是对现实的一种反映。在麦克尤恩的小说中，始终存在的话题就是失去了父母、多余的孩子、不能释怀的痛苦感受。比如，《时间中的孩子》这部小说的第四章中，主人公对自己

童年回忆的片段实际上就是麦克尤恩童年生活的一种写照。主人公的爸爸和麦克尤恩的爸爸的经历差不多，主人公和麦克尤恩的童年经历差不多。小说主人公和爸爸妈妈在机场分离的场景和麦克尤恩童年时候和爸爸妈妈分离的场景差不多。当主人公因为和爸爸妈妈分开自己面对陌生的环境的时候而流下眼泪，就像麦克尤恩童年时候的感受一样。通常来说，那些被送到寄宿制学校而和爸爸妈妈分开所产生的伤痛比失去亲人所产生的创伤更严重，因为在这样的情况下，爸爸妈妈会寄来书信，偶尔还会来看望一下，但是，他们并不能带给孩子安全感。孩子会在陌生的学校环境中迷失自我，产生失落感。

正是因为麦克尤恩在童年时期的创伤经历和对这些经历的回忆，促使其开展小说的创作，麦克尤恩永远也无法忘怀童年时期的经历，因为在童年时期的缺失性体验给他的心灵带来了永久性的创伤，并被牢牢记在心里。《水泥花园》是麦克尤恩的第一部长篇小说，这部小说对童年创伤体验进行了描绘。小说中的四个孩子都经历了自己的爸爸妈妈先后生病去世的创伤。因为家庭中父爱母爱的缺失，孩子的心灵饱受创伤和痛苦，在窘迫的环境中迷失了自我。不论是《时间的孩子》的长大成人的主人公在回忆自己的孩子时代，还是《无辜者》这部小说中的主人公在经历了战争以后长大所承受的创伤、《黑犬》的主人公通过讲述自己的岳父岳母家的事情来表现自己的孤儿身份、《赎罪》小说中的主人公回忆自己的童年父爱母爱缺失、《在切瑟尔海滩上》中因为童年父母关爱的缺失导致的不能迈入成年的新婚的夫妻，这些小说都是通过创伤性的故事来描绘创伤这个话题，从而形成自身独特的风格。以上所说的这些小说都表明童年缺失性体验是一个非常复杂的话题，并不能一下子就完全说完。这些童年缺失性体验通过各种各样的方式把成长、创伤和人性之间的关系联系起来，在主人公的一生中都会产生这样或那样的影响。

（二）麦克尤恩小说中失败婚姻的创伤心理

麦克尤恩创作的创伤文学作品和他的婚姻状态有着紧密的关系，针对这个话题，其在很多次访谈和长篇小说中都谈到过，正是因为作家本人的心理创伤体验促使其创作出很多创伤文学作品。在读大学的时候，麦克尤恩认识了他的第一任妻子，一位女权主义者。在 1998 年，麦克尤恩和他的第一任妻子的婚姻结束了，结局并不是很美好，充满痛苦和伤痛。他的观念和妻子的观念有很大的不同，这些在他的小说中都有所展现。在麦克尤恩的小说中，经常出现的情形就是男女夫妻缠绕在一起，但是，因为性别的差异和思维方式的差别，最终需要借助于第三者来把二人分开。很多情侣都是因为性别和思想观念的差别而出现婚姻问题。《只爱陌生人》《黑犬》和《爱无可忍》这三部小说都描绘了男女主人公关系的破裂，可以说是对麦克尤恩夫妇婚姻生活的写照。《只爱陌生人》这部小说是从麦克尤恩和彭妮·艾伦在威尼斯的度假旅行中发展而来的。即便是存在一些出入，但也是有很多相似之处的。

相同的道理，在《爱无可忍》这部小说中，男女主人公也面对婚姻不和谐的因素。在小说的最后，女主人公写信倾诉自己婚姻存在问题的原因。男主人公的自述也表明了二人感情存在的问题，并透露出两个人之间的隔阂。我们可以看出来，麦克尤恩把自己和妻子婚姻中存在的问题反射到了小说之中。再加上《爱无可忍》这部小说给人一种孤独、寂寞和沉闷的感觉，促使人物的心理创伤更加明显。

除了这些以外，在《黑犬》这部小说中，麦克尤恩把理性和感性的对立转变成男女主人公之间思想和信仰的冲突，这样的冲突促使二人的婚姻走向了结束。在这部小说中，男主人公和女主人公代表的是两种思想，并且争论不断。这一部小说把意识形态具体到了某一个对象上。这两个人代表的是两种比较具有典型性而又对立的价值取向——把理性当作中心的科学主义、把感性当作中心的直觉主义。正是因为两个主人公的思想观念差别太大，促使二人分居生活，永不往来，最终造成永久性的伤害。这部小说就是借助于二人的婚姻结束来表现理性和感性之间存在的不可调和的矛盾。《黑犬》这部情感小说是非常精美的，也可以说是一部非常完美的创伤叙事作品。通过作者的婚姻经历，我们可以看出，这部小说就是以作者自身的婚姻经历为蓝本的。在这部小说中，人物所展现出来的悲欢离合等情绪不只是个人经验的习得，还具有较为深刻的时代印记，两个主人公的不同的信念选择和当时的历史环境有着非常紧密的关系，自身的经历和社会生活也是联系在一起的。麦克尤恩借助于这部小说想要叙说的不只是两个主人公的经历，更多的是揭露故事发生的历史背景——思想的动荡、精神性的创伤。小说通过两个主人公的思想上的争斗，展现出经历战争以后欧洲精神世界的混乱。

我们综合分析麦克尤恩的这几部小说——《只爱陌生人》《黑犬》和《爱无可忍》，就会发现，爱情和创伤总是紧密地联系在一起，爱情催生了创伤或者通过浪漫的形式转化为虚幻意义上的救赎。借助于这些小说，作者描绘了夫妻之间的矛盾和创伤，促使读者在故事中思考夫妻的冲突产生的创伤这样一个话题，因为麦克尤恩表现艺术的手法非常高超，故而，我们可以从其小说中获得深刻的启示。

（三）麦克尤恩小说中时代背景下的创伤心理

麦克尤恩所创作的小说中所具有的创伤的意味和作家所生活的时代的背景

有着非常密切的关系，还和英国比较特别的历史文化语境紧密相关。麦克尤恩是在二战结束以后出生的，他的爸爸曾参加过二战，后来退伍了。麦克尤恩的爸爸是一名英国远征军，参加过夏敦刻尔克大撤退，并在这场战争中受伤，经常对麦克尤恩讲述自己曾经当兵时候的经历。小时候的麦克尤恩因为经常听爸爸讲述这样的故事，就好像自己也亲身经历了战争一样，故而，他认为，通过叙述，人们也可以获得一种体验，这样的方式是非常直接的。麦克尤恩对二战的了解大多数都是通过爸爸讲述的二战的事情获得的相关材料。麦克尤恩描绘二战的视角也是从爸爸讲述的故事中获得的。故而，当麦克尤恩通过爸爸退役老兵的角度来讲述小说的时候，我们就不会感到有多么奇怪了。当麦克尤恩长大成人以后，他还是非常关注爸爸战争时候的故事，从他非常喜欢查看前线士兵的书信和日记上我们就能看出来。在 2001 年，他的长篇小说《赎罪》出版发行，受到了人们的广泛欢迎，销售量非常惊人，可以说是一个奇迹。这部小说使用了非常精湛的叙事的手法，整个故事充满人文关怀，对敦刻尔克大撤退中士兵的创伤的描述引发了很多人感情上的呼应，把战争中士兵的创伤经历完美地呈现出来，也许这就是其广受欢迎的原因。

这部小说不只是描绘了二战给人们带来的创伤，还刻画了大英帝国的衰落带给英国广大民众的创伤。比如，苏伊士运河危机带给麦克尤恩的大英帝国衰落的感受最为强烈。因为大英帝国衰落，年幼的麦克尤恩内心就充满忧伤的情绪。在小说《无辜者》中，麦克尤恩再次描绘了自己对苏伊士运河危机的理解、英国权力的衰落等。小说中，英国年轻人伦纳德受到了美国葛拉斯的轻视进而自尊心受到损害，就像小时候麦克尤恩经历的情感创伤一样。

除了这些以外，麦克尤恩也积极回应了当代英国的历史文化创伤。从出生以后，麦克尤恩在 20 世纪 70 年代开始创作。从二战结束开始一直到 21 世纪的初期，人类历史发生了几次很大的变动，比如，社会制度的变迁、柏林墙倒塌后纳粹主义的再次出现、不同的国家内部的社会复杂多变等，这些重大的社会变动对社会的稳定和人类的生存产生了消极的影响。在麦克尤恩的小说中，我们都能看到这些社会变动的痕迹。比如，在《无辜者》和《黑犬》这两部小说中，主要描述的是冷战的格局变化、欧洲人们心中的不安；《只爱陌生人》描述的是女权主义的相关话题，深刻分析了妇女和儿童遭受暴力的根本原因；《时间中的孩子》《阿姆斯特丹》和《在切瑟尔海滩上》描述的是文化政治制度的变革对个人的生活所产生的不利影响，通过以上小说内容的分析，我们可以看出，在对当代英国的社会变迁进行描述的时候，创伤的痕迹很明显。

在麦克尤恩的长篇小说中，其全面地描绘了儿童缺失性体验的创伤、婚姻失败的创伤、英国历史文化的创伤，并在这个过程中展现出一个个生动形象的具有创伤代表性的人物形象。麦克尤恩在小说中所塑造的人物形象和英国，甚至西方的政治、文化和社会环境等都有着非常密切的关系。小说中的比较具有典型性的创伤人物实际上代表的就是英国的民众。麦克尤恩所描绘的当代英国人甚至西方人不能用语言表达出来的伤痛和噩梦可以说就是二战以后不同阶层人的内心的创伤，表现出作者站在更深层次上对个人、家庭和社会的创伤进行思考。

第三节　凯瑟琳·安·波特小说中的创伤叙事

一、凯瑟琳·安·波特简介

凯瑟琳·安·波特（Katherine Anne Porter）是美国一位非常有名的女性作家，这位作家的一生中有过四段婚姻，即便是这样，最终也没有一个相对比较完整的家庭。凯瑟琳·安·波特这一辈子经历了很多重大的历史性事件——一战、经济大萧条、二战等等，我们可以这么说，她的一生经历了美国的 19 世纪末到 20 世纪 70 年代的各个阶段。她这一生创作了 26 部短篇小说、一部长篇小说《愚人船》（*Ship of Fools*），还有散文和诗歌等。虽然凯瑟琳·安·波特所创作的作品并不是很多，但是，她的小说大都是非常有名的作品，在美国的文学史上占据重要地位，被称为"第一流的艺术家"。凯瑟琳·安·波特所创作的作品既有南方文学的哀伤，也有自身的创伤性记忆。当我们拜读她的小说的时候，就会进入一个创伤和回忆相互融合的世界之中。

二、凯瑟琳·安·波特短篇小说中的创伤叙事

凯瑟琳·安·波特文学创作中一个非常重要的组成部分就是短篇小说。人们对其长篇小说的评价既有赞誉也有批评，但是，对其短篇小说的评价都是称赞。从 20 世纪 50 年代到 80 年代，很多人都对波特进行了广泛的研究，人们研究波特的短篇小说的专著大约有三十部，甚至还包括一些非常有名的作家和评论家，比如，罗伯特·佩恩·沃伦（Robert Penn Warren）、詹姆斯·威廉·约翰逊（James William Johnson）等。这些研究从很多方面对波特短篇小说中的成就进行了探究，比如，艺术特色、人物的塑造等，这些都为人们后来的小

说研究奠定了基础。但是，这些作家和评论家的专著并没有设定一个统一的标准来解读波特的作品，而是分开研究波特的短篇小说。由此我们可以看出，波特的短篇小说并不是一个孤立性的作品，而是其有计划地进行写作的产物，都有一个中心思想，从而构成有机的整体。如果我们把波特的短篇小说割裂开来进行研究的话，就不能从整体上全面地了解其思想和主题。

虽然说波特的短篇小说中的人物的身份都不一样，即便是所生活的环境和时代背景也不一样，但是，他们身上都带有一种创伤感。这样的创伤感有的来自生活的经历，有的来自家庭中的矛盾，有的来自生离死别，有的来自两代人之间的观念差异等。小说中的人物表现创伤的方式不一样，有的是经常做噩梦，有的是感情比较迟钝，有的是精神恍惚等。波特的短篇小说既有创伤叙事类型，也有创伤书写特征。波特的短篇小说早期的叙事主题主要是南方世家，后来的叙事主题是社会、人性、家庭和婚姻等。其小说的创伤叙事类型不再仅仅是童年创伤、爱情婚姻创伤，而是发展为更多的创伤叙事类型，比如社会制度、战争等的创伤。这就说明，波特的小说中的创伤叙事类型不断得到深化。波特自己也更加深入地思考西方世界的各种各样的创伤，再加上其是女性作家，心思和感情更为细腻，故而其所思所想更为深刻。波特的小说作品中的各种各样的创伤人物形象实际上就是对 20 世纪的社会现实的反映。波特这一辈子都在探求人们带有创伤的根源和人们总是受到创伤的影响的原因。作者自身的经历和创伤体验、作者对于人性和社会的思考等都会对其探究创伤产生一定的影响。我们要分析波特小说中的创伤人物，还要对创伤书写的主题进行分类，只有这样，才能对作者的创作目的有更好的了解。除了这些以外，我们还要研究创伤理论，并把其当作研究波特小说的切入点，这可以说是一个比较新颖的解读角度。

（一）童真的失落

我们都知道，一个人的童年是其一生的开始，同样的道理，如果有一个创伤的童年的话，那么也就会是其一生创伤的开始。我们对创伤理论进行研究，一个人童年的时候所经历的创伤会对其一生产生影响，这种阴影是一辈子的事情。虽然凯瑟琳·安·波特童年的时候是在老祖母的陪伴下长大的，但是，因为其妈妈去世的早，严重缺乏母爱，再加上爸爸对子女并不是很负责，故而，其从小就没有父爱母爱的呵护和关心。父辈们幻想着老南方，最终却破灭了，波特对童年也是充满美好幻想的，但同样也破灭了，这可以说是一段创伤性的时光。父辈们因为南方的幻想破灭而饱受创伤，在这个过程中也忽视了身边最真实的生活和孩子。这样一段童年时候的成长经历在波特的小说中都会多多少少有所反映。波特的小说中有好几部的主人公都是孩子。我们对这些描述孩子童年的作品进行细致的分析，就会发现，这些孩子通常都没有妈妈，比如"米兰达"系列小说中童年时候的米兰达；有的是即便是有爸爸妈妈，但是并没有来自爸爸妈妈的关心和爱护，比如小说《下沉通往智慧之路》（*The Downward Path to Wisdom*）中的男孩和小说《他》中的男孩；有的孩子在面对外面的世界的不好的现象的时候会显得惊慌失措，比如《处女维勒塔》（*Virgin Violeta*）中的主人公、《马戏》（*The Circus*）和《坟》（*The Grave*）中的主人公。这些孩子都表现出害怕、迷茫和经常做噩梦等创伤性的症状。在波特的小说中，很多孩子的形象在无形之中反射出自己的童年经历，她对爸爸妈妈抛弃的不满和对祖母的深厚情感。这些小说中的主人公的形象多多少少都折射出波特童年时候的经历。这些孩子所经历的一些事情，比如被自己的爸爸妈妈所抛弃、对于生和死的思考、性意识的懵懂等，同样也就是波特童年时候的经历和感触。这样的童年经历带给孩子的创伤体验是不一样的。祖母经常叙述老南方，这样可以减轻其自身的痛楚，波特通过小说把自身童年时候的创伤感悟记下来，讲述给读者听。在其小说中，波特向前看，回首审视自身童年时候痛苦和绝望的时光。

（二）背叛的爱情与冲突的家庭

凯瑟琳·安·波特这一生中一共结过四次婚，第一段婚姻大约持续了 9 年的时间，最后一段婚姻只维持了两个月的时间。在以此离婚起诉中，波特声称自己的丈夫虐待自己。即便是法院并没有最终对其进行判定，但是，第一段婚姻对波特的影响非常大，其后来的婚姻家庭生活都深受影响。波特在自己的婚姻生活中所遭受的创伤也反映到了其创作的小说之中。波特的短篇小说中有好几部描述的就是婚姻家庭生活。在这些作品中，婚姻的一方让另一方受伤，然后通过吵架、背叛或者肢体上的冲突最终促使两个人都受伤。小说中所描述的婚姻家庭的创伤实际上反射的就是波特自身的婚姻经历，也表现出其对婚姻的理解和感悟。因为家庭是社会的细胞，故而，家庭中的创伤实际上就是社会的创伤。小说中的婚姻家庭的创伤展现出来的问题揭露了现代人心理和生活上的困境，故而，我们可以说，波特小说的创伤人物也就是现代人的浓缩。

（三）南方世家的创伤史

在南北战争之前，波特的家族是美国南方的一个非常有威望的大家族。这一点在其文章《肖像：老南方》（*Portrait：Old South*）中多次被提到过。家族曾经的辉煌和现在的没落，都是通过祖母的叙述知晓的，波特始终不能忘怀，故而，当她长大成人以后，把从长辈们那里听到的关于家族的历史融入自己创作的小说之中。波特的短篇小说中就有关于"米兰达"系列的小说，这一系列的小说的主人公是一个小女孩米兰达，通过对其生活经历的描述来表现其家族的变迁和家族中的成员的人生的起起伏伏。我们可以看出来，在"米兰达"系列的小说中，处处都是作者对自己家族命运的感慨和唏嘘。在波特的短篇小说中，"米兰达"系列小说占据重要的地位，很多研究凯瑟琳·安·波特的人都重点分析了"米兰达"系列小说，与之相关的文章也非常多。这些研究性的文章主要分析的是主人公的性格，但是却忽视了性格的变化和家族之间的关系，与此同时，这些文章很少研究家族中的成员，故而，我们需要进一步挖掘这一系列小说的深层含义。这一系列小说中的家族是带有创伤的家族，因为家族的创伤，在一定程度上促使家庭成员也经历了不同程度的创伤。我们对"米兰达"系列小说进行细致的划分，可以分为两个大部分。第一个部分包括《源头》（*The Source*）、《旅程》（*The Journey*）等短篇小说。这一部分主要讲述的是米兰达的长辈们特别是其祖母年轻的时候在老南方的生活情况。第二个部分包括《马戏》（*The Circus*）、《坟》（*The Grave*）、《老人》（*Old Morality*）等小说。这一部分主要讲述的是米兰达小时候和长大成人以后的生活。作者故意把生活在不同时代的两代南方人和不同人生阶段的米兰达联系起来，借助于家族的兴衰来展现家族中的每个人的创伤体验。

（四）善与恶的思辨

童年、婚姻对一个人造成的创伤是从外部世界而来的，但是，并不是所有的创伤都来自外界，也有一些创伤来自内部，也就是来自人自身。有一些个体因为自己的原因产生创伤性的体验，这样的创伤主要就是自己的无意行为导致别人受到伤害，自己受到良心的谴责而具有创伤性的体验。波特非常擅长对人物的内心世界进行描绘，故而，其也就非常了解人性自身的缺点所产生的创伤。波特经历了一战和二战这两次重大性的创伤事件，非常了解人性的黑暗和不堪，在一定的条件下，这些隐藏的东西就会展现出来，既伤害到自己也会伤害到别人。波特最为有名的两部短篇小说是《开花的犹大树》（*Flowering Judas*）和《中午酒》（*Noon Wine*），这两部小说讲述的就是人性中的黑暗和不堪，继而引发不可磨灭的创伤，这些创伤不只是创伤的人自身，还会牵扯到很多无辜的人。在这两部小说中，波特揭示的是人性和创伤之间的关系。

（五）灰色的时代与倾斜的世界

我们把20世纪称为人类的创伤世纪，因为在20世纪的上半叶世界经历了两次世界大战——第一次世界大战、第二次世界大战。这两次世界大战给全世界带来强烈的创伤，西方世界的旧秩序分崩离析，西方人的精神充满痛苦和不堪。波特经历了两次世界大战的洗礼，采用精细的艺术态度来记录战争下的西方世界的状况。波特通过单独的个体的创伤体验来表现两次世界大战所造成的时代性的创伤。整体的氛围既紧张又压抑，正是在这样的氛围中，个体自身的创伤和时代性的创伤有效地结合在一起。《灰色马，灰色的骑手》（*Pale Horse, Pale Rider*）把第一次世界大战当作故事创作的背景，《斜塔》（*The Leaning Tower*）把第二次世界大战当作故事创作的背景。从这两部小说中，我们可以看出，个体性的创伤和时代背景的创伤有效地融合在一起，进而引发人们对创伤的深入思考。

三、凯瑟琳·安·波特长篇小说《愚人船》的创伤叙事

当凯瑟琳·安·波特不再创作，18 年以后，也就是在 1962 年的时候，其在 72 岁的时候创作了《愚人船》（*Ship of Fools*），这部小说在其创作生涯中占据重要地位，可以说是分量十足的一部小说。

在还没有出版《愚人船》的时候，美国已经把波特当成最为优秀的短篇小说家的一员了。我们可以这么说，波特凭借《开花的犹大树》和《灰色马，灰色的骑手》这两部短篇小说已经成为美国论坛中的重要人物。然而，波特并不想只是创作短篇小说，她还想创作长篇小说，这一直都是她的梦想。在 20 世纪 40 年代的时候，波特就想创作把自己的德国之旅当作题材的小说。一开始，这一篇小说的初稿收录于《灰色马，灰色的骑手》这部短篇小说中，但由于旅程和见闻给她留下了深刻的印象，故而，其不断扩充作品，内容越来越多。本来只是想写成一篇短篇小说，到了后来，篇幅越来越长，已经不能只限于短篇小说的方式。于是，在保留原来的故事情节的基础上，波特对其进行了深入的加工和修改，成为长篇小说《愚人船》的原始模板。波特在创作《愚人船》的时候，经历了很多坎坷，整个写作过程也是时断时续的，始终都是写作计划的阶段。在 1961 年的时候，《愚人船》的一部分章节在一些杂志上开始刊载。还有一些比较豪气的出版社耗费巨资在《纽约时报》（*New York Times*）等一些主流性的杂志上为这部长篇小说做广告，由此可以看出来，人们是非常期待这部小说的。就像大家所期待的那样，波特在 1962 年出版了整部的《愚人船》，也在一定程度上打破了有些人对其长篇小说的质疑。《愚人船》是波特唯一的一部长篇小说，也是她这一生中最后的一部作品，这部小说的出版在当时的美国可以说是轰动性的。在这部小说将要出版和出版以后，

就出现了很多评论，以前，波特主要出现在文人的圈子里，慢慢地，一些大众也开始知道她的名字，波特通过这一部长篇小说收获了丰厚的稿酬。到了1965 年，《愚人船》在大荧幕上放映，受到了观众的热烈追捧。我们可以这样说，《愚人船》是波特对自己的人生创作的完美收官。

不论什么杰出的作品，其刚刚开始出现的时候，都会引发不同的见解。波特的短篇小说受到人们的广泛赞誉，但是，其长篇小说《愚人船》刚刚开始出版的时候就迎来了参差不齐的看法。有的人对这部小说称赞有加，有的人大加批评这部小说。在欧洲，特别是在德国，人们一致批评这部小说。德国的很多评论家认为，波特在小说中所描述的德国人和犹太人与历史事实是有出入的，并且丑化了德国人的形象，还把纳粹思想简单地当成堕落的一种表现。《愚人船》这部长篇小说大约有五十多万个字，如此长的篇幅，并不能做到绝对的完美，但是，这部作品耗费了波特十多年的时间，在其小说的创作生涯中占据重要地位，要想研究波特的小说，就一定要研究其这部长篇小说。《愚人船》这一部小说是非常真诚的，当人们读过以后，就会感到心情非常压抑，但是，这部小说并没有写过头，也没有过分的夸张。与之相反的是，人们低估了这部小说的价值。这部小说使用的"愚人船"这个意象虽然比较古老了，但是作者不断对其进行加工，促使这一意象具有现代性，与此同时，也变得更加丰富。

《愚人船》这部小说的题材来源是其在 1931 年的欧洲旅行经历，整个故事的架构就是"真理号"客轮在海上的航行。这部小说的名字来自于德国中世纪的著名诗人萨巴斯蒂安·布伦特（Sebastian Brant）的相同名字的诗作。波特本来预定的这本书的名字是《应许之地》，因为受到布伦特《愚人船》的诗作的影响，其把书名换成了《愚人船》。为什么波特这么看重布伦特的《愚人船》呢？在这部诗作中，波特看到了自己的经历。布伦特的"愚人船"上的人所表现出来的愚蠢的行为和波特欧洲旅行时候轮船上人们的丑恶几乎一样，从这我们可以看出，欧洲中世纪人们思想和行为的愚钝即便是到了 20 世纪还是存在的，而且并不能从根本上消除。

和布伦特相比较，波特的心思更为细腻，尤其是在塑造作品中的人物性格的时候，全面的心理剖析促使人物更加形象和生动。布伦特在作品中主要是借助于道德说教和宗教传道的方式来表现主题的，但是，波特并没有这样，而是采用了一种新的角度——全知外视角。作者实际上就是一个旁观者，其冷静地观察愚人船上的各种各样的人物，客观地分析船上的人存在的问题。

我们通常都会把《愚人船》这部小说看作是在海面上的一个社会，其反映的就是赤裸裸的现实生活。很多研究这部作品的人站在现实主义的视角来对故事中的人物进行分析，深入挖掘其内心的缺陷，关注的重点是人物"愚"的方面，进而把《愚人船》定性为讽刺现实生活的一部作品。虽然人们对波特《愚人船》的评价既有褒扬，也有批评，但是，他们都认为波特《愚人船》是一部让人感到阴郁的作品。我们之所以说这部作品是阴郁的，主要有两方面的原因，一个是这本书的叙事方式给人一种阴郁的感觉，另一个是故事中的人物的人性是阴郁的。现在，很少有研究人员会进一步探究促使故事中的人物的人性充满阴郁的原因到底是什么。实际上，轮船上的人物表面上展现出来的是一些愚蠢的行为和无知的观念，深层的原因是其内心深处原生态的创伤。创伤是轮船上的人物之所以表现出一些愚蠢的行为的重要的原因。船上的人物的创伤不只是和时代的背景有关，还和其自身的性格、经历有着密切的关系。这些人心怀创伤，在这艘轮船上展现出一个充满创伤的世界。

第四节　创伤视域下《赎罪》中的叙事治疗

一、《赎罪》简介

《赎罪》这部小说的作者是伊恩·麦克尤恩，从这部作品发行开始，评论界就全都是赞美的言辞。五年以后，这部小说被拍摄成电影，再次受到人们的热烈欢迎，麦克尤恩也成为非常有名的作家中的一员。这部小说讲述的是总是沉溺于幻想中的女主人公因为自己的年少和无知误证罗比是强奸犯，最终造成恋人之间的悲剧而一生都后悔和怨恨。以往的小说都是比较精简和凝练的，但是，在这部小说中，麦克尤恩把大众化的元素和严肃性的话题有效地结合在一起，既描绘了爱情的惊心动魄和战火纷飞的战争，也引导读者深入思考人性、道德等更深层的话题。

二、《赎罪》中布莱恩妮的叙事治疗

在人类的生活中，叙事具有非常重要的地位。比如，个体经验的表达、对人生和世界的思考等都可以通过叙事的方式表现出来。人们要想对自身和外界进行思考和探究，最为基本的一种思维方式就是叙事的思维。叙事心理学这个词语第一次出现是在西奥多·R·萨宾（Theodore R. Sarbin）的《叙事心理学：人类行为的故事性》中。为什么萨宾要提出这一个术语呢？其想要促进当时的心理学研究的理论范式的改变，也就是从实证主义转变为建构主义，通过叙事来表现人们的行为。传统意义上的心理学是一种不变的实体化的自我观，叙事心理学认为，人们借助于语言来对自我进行建构，也就是说，不论什么样的体验，只有通过语言的建构才能更加有意义。所谓的叙事治疗指的就是帮助人们重新书写自己的人生故事，根据当事人自己的想法来对曾经的一切进行重新建构，把自己以前所经历的不好的创伤性体验重新融入自己的认知框架之中，从而建构一个全新的人生。人们为自己制定一个全新的舞台剧本，按照自己所创作的剧本演绎出一个没有以往的创伤体验的新的人生。

在《赎罪》这部小说中，女主人公在现实的世界中因为自己年少无知犯下了不能弥补的错误，等到长大成人以后，通过写作的方式来为自己的行为赎罪。虽然看起来非常简单，但是，这是主人公耗费了六十年的时间才完成的作品，耗费了大量的时间和精力，这是主人公的第一部作品，也是其最后一部作品。主人公通过写作的方式来对自我的以往经历进行探究疗愈创伤，这一点和心理学当中的叙事治疗是差不多的。因此，在这里，我们借用的是叙事心理学的相关理论来对女主人公的写作疗伤旅程进行论述。

（一）外化问题

在叙事心理学中，要想进行叙事治疗，首先需要做的就是外化问题。什么是外化问题呢？就是把人和问题区分开，也就是人是人，问题是问题，关注的重点不是问题了，而是人和问题之间的关系。我们要想把人和问题之间的关系搞清楚，进而让问题不再对人产生影响，就需要借助于叙事来对问题进行外化。女主人公通过自己创作的《赎罪》来治疗自己的创伤，故而，她的一生都是在创作在救赎。虽然说并不能确定写作就能获得救赎，但是，通过这样一种方式却可以对自己的过往重新进行审视，进而找到问题的症结在哪里。从外化问题出发，女主人公把关注的重点引到出现问题人生的导火索——喷泉事件。经过全文的阅读，我们可以发现，喷泉这一事件对女主人公、罗比和瑟西莉亚三个人的人生产生了非常大的影响，甚至改变了他们的命运，进而引起后来的一系列的创伤。但是，造成悲剧的并不单纯是喷泉事件自身，最主要的原因是女主人公理解上的偏差和误解。换一句话说就是，女主人公并没有看见凶手，只是很多巧合促使她认定凶手就是罗比。实际上，真正的凶手是马歇尔。女主人公因为自己的一面之词促使罗比进入监狱，从而和姐姐有情人分离。当罗比出狱以后，又因为战争而和瑟西莉亚不能相见。当女主人公逐渐认识到自己所犯下的错误的时候，现实已经剥夺了其赎罪的机会，从而成为其一生的遗憾。女主人公的人生也就充满了负罪感。虽然喷泉事件并不是多么重要，但是，其引发的后续结果是没有人可以真正能承受的，促使女主人公永远生活在充满遗憾和悔恨的噩梦中。

当女主人公借助于写作来回首往事的时候，其站在不同人的视角来进行论述，从而更为客观地重现往事，让读者可以把每个人的看法综合起来进行考虑，最终形成自己的判断。

我们可以把喷泉事件划分成两个层次，并且这两个层次是相互矛盾的。第一个层次是通过第三人称的角度来展现女主人公的感想，在这个角度上，我们可以倾听女主人公就像是个人独白一样的论述；第二个层次是从罗比和姐姐瑟西莉亚等人的角度来进行论述的，这一论述和女主人公的想法是完全相反的。喷泉第一次出现是通过女主人公的角度展现出来的。布莱恩妮透过窗户看到在喷泉的旁边，姐姐和罗比争吵不断，到了后来，罗比打碎了价值连城的花瓶，然后，姐姐跳到水中寻找花瓶的碎片。布莱恩妮认为姐姐做出这一系列的行为都是因为罗比威胁她。从另一个视角来看，之所以发生喷泉的那一幕，是因为罗比和姐姐早已经心许彼此，但是都不明白对方的心意，闹出别扭。但是，布莱恩妮的想象力非常丰富，喜欢文学，并没有经历太多的人情世故，误解了罗比的行为，认为其想要对自己的姐姐意图不轨，以至于到了后来她把其当成了强奸犯。布莱恩妮可以从不同的角度来看待这件事情，说明其意识到自己和问题之间的关系，可以说是自己逐渐走出创伤性记忆的第一步。读者可以更好地了解事情的发展情况，也是女主人公对自我的一种认识，只有勇于接受生命，即便是生命中的不美好，才能更好地治愈生命。

在对主干进行论述的时候，布莱恩妮很好地对问题进行了外化，通过读者阅读了小说以后所产生的反应就可以看出来。大部分的读者在读故事的前三个部分的时候，都认为这是罗比和瑟西莉亚的爱情故事，但是，当读到最后一个部分的时候，就会发现，这个爱情故事是嵌在布莱恩妮通过写作进行赎罪的故事之中的。为什么会出现这样的情况呢？由于一直到最后，布莱恩妮才把自己的多重身份揭露出来：她既是这部小说中的主人公，还是这部小说的讲述人员和创作人员。这也就是说，当事人把自己和问题本身区分开来了，站在第三者的角度来对自己曾经的经历进行分析，进而找到问题的根源。

（二）解构强势话语

叙事心理学认为，我们并不能在孤立的情境中理解人，而是要在特定的语言环境中和社会环境中追寻人生的意义。人们并不是通过客观的现实世界来理解自我的，而是借助于以往、现在的语言和文化。虽然从表面上看，我们每一个人都是自己的故事的主导者，但是，每个人的人生都会多多少少带有历史文化的痕迹，故而，我们要认真看待历史文化对人产生的影响，只有这样，才能更好地认识自身的问题产生的外在性的因素。"解构强势话语"指的是站在社会文化心理的视角来对问题进行审视，最终的目的就是找出促使当事人生活中出现矛盾的另外的线索。这些线索实际上就是解读和重新建构存有各种问题的人生故事，进而构建一个新的可以被当事人所接受的故事。当我们具体说到布莱恩妮的人生故事的时候，就会发现，之所以出现冤枉好人的情况，主要是三个因素造成的，这三个因素分别是：阶级意识、外部的环境、战争。

从表层来看，布莱恩妮的错误指控促使姐姐和罗比两个人有情人不能在一起，这是直接性的原因，故而，其需要负主要的责任。但是，当我们详细地阅读故事的时候，就会发现，塔利斯家族的阶级意识助推了布莱恩妮的罪过。罗比的妈妈是塔利斯家的清洁工，爸爸在他很小的时候就离家出走了，罗比在杰克·塔利斯的帮助下读大学。以前，人们都很看好罗比，但是，当布莱恩妮指认罗比是凶手的时候，除了瑟西莉亚，没有任何家族的人员为其说话。这个时候，塔利斯家族完全忽视了罗比是接受过高等的教育的，受到阶级意识的影响，默认了布莱恩妮所说的话都是对的。更让人们吃惊的是，即便是罗比和瑟西莉亚也带有阶级的偏见，认为侵犯劳拉的人是塔利斯家族的仆人丹尼·哈德曼，当布莱恩妮说凶手是保罗·马歇尔的时候，所有人都沉默不语，并且感到非常吃惊。从布莱恩妮的文字中，我们可以看出阶级意识对人们的认知具有非常重要的影响，故而，我们可以这么说，阶级意识是促使两个有情人不能在一起的另外的线索。

还有一个重要的故事线索是外在的环境和其他一些人的错误引导。很明显的是，之所以出现悲剧性的故事，这和布莱恩妮的年少无知、自以为是、喜欢幻想有着密切的关系。但是，布莱恩妮只是一个并没有经历什么的 13 岁的孩子，压根不懂大人之间微妙的感情。当看到自己的姐姐浑身湿乎乎地从喷泉里走出来的时候，其认为姐姐受到了罗比的羞辱，故而，慢慢对罗比心生不满。后来出现的送信的事情和在图书馆发生的事情，让布莱恩妮更加怀疑罗比的不良企图。罗比因为担心瑟西莉亚还在生自己的气，故而把自己的道歉信转达给布莱恩妮，让其交给瑟西莉亚。非常巧合的是，罗比把自己冲动时候写下的情感幻想的纸条交给了布莱恩妮，受到好奇心的驱使，布莱恩妮看了信件的内容，还把这件事告诉了罗拉，更加坚定罗比不是什么好人。到了后来，瑟西莉亚和罗比在图书馆的不可描述的场景也正好被布莱恩妮看到了。为了避免尴尬，二人都没有解释就离开了。当天晚上，罗拉被侵犯以后，布莱恩妮看到黑夜中凶手的身影，便认定这个人就是罗比，萝拉知道事情的真相，但是也没有反驳。真正的凶手也没有说话。当罗拉和马歇尔结婚以后，他们一直在保卫自己良好的名声。通过这一系列的事情我们可以看出，虽然布莱恩妮直接导致了悲剧的发生，但是，她的本意是好的。布莱恩妮是无意而为之，造成了误解，罗拉和马歇尔是故意而为的，他们才应该负有重要的责任。

战争是促使罗比和瑟西莉亚悲剧的最后一个线索。在小说的第二个部分，借助于罗比的角度我们看到了战争的残酷。这个时候，布莱恩妮也没有去大学读文学，而是选择到战地医院当一名护士，在那里，其看到了满是伤口和鲜血的士兵。在照顾这些受伤的士兵的过程中，布莱恩妮懂得了一个道理，那就是，人实际上和物是一样的，比较容易受到损害，但是，却并不是那么容易得到修复和治愈的。[1] 这样的场景让其对罗比非常担心，但是，最终，罗比和瑟西莉亚都在战争中失去宝贵的生命。这部小说大约三分之二的篇幅都用来描述战争，因为正是由于战争，罗比和瑟西莉亚直接死亡，促使布莱恩妮不能为自己曾经所犯下的错误赎罪，而这场战争更是加重了其罪过。

综合起来进行论述，我们就会发现，并不是布莱恩妮一人造成了罗比和姐姐的悲惨人生，而是各种因素加起来导致了悲剧的发生。在写作的时候，布莱恩妮非常关注促成悲剧的另类的故事线索，因为，这样就可以在一定程度上降低自己的罪孽感。

（三）重写故事

在叙事治疗中，故事是最为重要的内容，故事中的我可以说是非常开放的。故事并不是简单地模仿现实生活，而是尽量和现实生活靠拢在一起。这也就是说，当我们在讲述自己的人生故事的时候，并不只是把以前发生的事情记录下来，而是积极建构一个更加具有力量的人生故事，代替曾经的都是问题的故事，最终走出现实生活中的困境。实际上，这个过程就是重新书写故事，重新写出自己所期待的故事来代替以前的存有问题的故事，让自己对未来的生活充满信心。布莱恩妮从基调和结局两个方面来对人生故事进行重构。

在叙事的过程中，自我展现出来了，这样的叙述故事就像是文学作品，既有主题，也有人物、情节和语调等。当人们在叙述故事的时候，通常都会伴随一定的基调，基调既可以是积极的，也可以是消极的。积极的基调可以划分为戏剧和浪漫剧两种，消极的基调可以划分为悲剧和讽刺剧两种。根据这样的标准进行划分，《赎罪》这部小说中的有情人没能在一起好像比较适用于悲剧。但是，如果我们只是看故事的前半部分的话，就会发现故事充满了浪漫的味道。实际上，布莱恩妮这一生最大的遗憾并不是自己年少无知犯下的错误，也

---

① 伊恩·麦克尤恩.《赎罪》[M]. 郭国良，译. 上海：上海译文出版社，2005：312.

不是罗拉和马歇尔的沉默不语，而是姐姐和罗比最终有情人没有在一起。在写作的过程中，布莱恩妮多次调整了故事的内容。在第一手稿中，罗比和姐姐还活着。在第二手稿中，姐姐和罗比在战争中死去，故而，其写出了自己、罗拉和马歇尔所犯下的罪过。到了后来，她又写了四稿，只有在最后一稿中，才有情人终成眷属。在整个故事中，罗比和姐姐最终在一起，就像是布莱恩妮13岁的时候所写的《阿拉贝拉的磨难》当中的男女男主人公一样，即便经历了重重的困难，结局是美满和幸福的。这样的话，整个现实主义故事就会带有一定的浪漫色彩，整个故事的基调也就改变了。所有这一切都是布莱恩妮故意安排的，因为在一开始的时候她就说了要用客观的态度来看待自己的故事。

布莱恩妮让罗比和瑟西莉最终有情人终于在一起，只有这样的结局才是人性化的。在最后一稿中，布莱恩妮已经患有轻度的中风，逐渐丧失记忆力。但是即便是她彻底没有了记忆，她书写的故事还是存在的。在新的故事结局中，布莱恩妮把自己的情感、想象、意志等都转变成心理现实。

每个人都是自己的故事的主人，都有权利解释自己的体验。布莱恩妮重新编写故事，不再受到现实的约束，找到生活中的信心。读者看到了布莱恩妮所编写的新的人生篇章，把过去和现在、生和死连接起来。

叙事心理学把自我当成小说家本人，通过旁观者的视角来看待过去经历的一切，改变自己的人生故事，重新建构自己过去的经历，最终走出现实中的困境，重燃生活的信心。在《赎罪》这部小说中，布莱恩妮叙述故事的时候采用的是半虚构半写实的方式，把不同人生阶段的角色串联起来。其既承认自身的局限性，又有选择地对过去进行重新建构，最终采用了象征性的结局方式，达到心理上的疗愈。

第六章　英美文学教学重点问题解析与研究

英美文学教学是英语专业课程改革的重点内容，也是整体优化和提升学生英语专业知识水平的重点课程。有效开展英美文学教学不仅有利于提高学生英语语言技能，同时对于提升学生的英语通识意识来说，也能起到积极的作用。本章主要论述了英美文学教学的基本理论、基于不同学习理论的英美文学教学探索、英美文学教学现存的问题与改革实践等内容。

第一节　英美文学教学的基本理论

一、语类研究与英美文学教学

在最近的这十年时间里，不论是对话语分析，还是对语言教育，语类研究具有非常重要的作用。所谓的语类指的就是，在特定的历史背景下，社会个体受到一定的社会情景的影响，需要借助于一定的语言知识才能完成的社会行为。

语类分析把两大理论推断当作基础，语言是在社会现实之中产生的，其形式受到语言的社会情景的影响。我们可以用文本和文本、文本和作者之间的关系来描绘语言的形式特征。第一条理论推断是社会学家和语言学家对孩子学习母语的过程进行研究和分析，从而总结出来的。一开始的时候，孩子主要是把语言当成一种工具，用来把自身的需要表达出来，与此同时，在接触社会的过程中让自己的语言变得更加丰富，对自己的行为进行规范，建立良好的社会关系，促进自身的个性的发展，最终获得自己想要的信息。在这样一个过程中，我们既可以把语言看成是工具，也可以看成是结果。第二条理论推断认为，通过文本，我们可以更好地描述语言的形式和特征。为什么呢？文本就是一种具有代表性的语言形式，其可以被反复使用来完成一系列的行为。语类研究人员和研究普通语言的人员之间最大的区别就是，其把语类的研究人员和语言的使用人员的社会情景放在语言分析的最主要的位置。

语类研究人员看待语类的性质是一样的，但是，在实际研究的时候，关注的重点是不一样的，研究的方法也不一样。有的研究人员关注的重点是文本的社会情景，有的研究人员关注的重点是文本的组织形式。我们对文本的组织形式进行研究，分析怎样通过这些形式来实现文本的社会意义，进而产生语类研究的三大类别——新修辞学派、系统功能语言学派、专门用途英语学派。在这里，我们主要分析的是新修辞学派、系统功能语言学派中对语类的概念是怎样定义的，研究的理论基础是什么，研究取得了什么样的成果，对中国的英美文学教学有什么启示。

（一）新修辞学派

1. 语类的界定

新修辞学派也被称为北美学派，因为该学派的主要研究者都集中于北美。相对于澳大利亚的以系统功能语言学为基础的悉尼学派，虽然新修辞学派的研究也是围绕着语类方面的关键问题，如书面文本分析的框架和准确度、框架和模式对文本与社会背景之间复杂关系的解释力度、写作教学中显性教学法以及隐性教学法的适合度等，但是，由于该学派的研究基于修辞转型理论以及社会建构理论，因此，语类与修辞的概念都被赋予新意。

新修辞学派在保留传统的语类概念的基础上对语类的研究更深入一步，将语篇类型中的规律性与语言的社会、文化意义联系起来。

语类就是指一类交际事件，这些事件都共享统一的交际目的，这些交际目的由语篇社区系统中"专家级"成员确认，从而构成了语类背后的逻辑支撑。这个逻辑支撑勾画出语篇的图式，影响和束缚着内容和风格的选择。除了交际的目的以外，语类以各种各样的变体形式出现，这些变体形式在结构、风格、内容和意向性读者群方面都是极为相似的。如果某一变体在这些方面都达到了预想的期望值，那么语篇社区就会确认这种变体为"原型语类"，其余都是原型的具体体现。根据这个界定，修辞就是指在一定的社会情景中为实现某种交际目的而使用的口头或书面表达形式。

2. 理论支撑

（1）修辞转型理论

如果说20世纪人类学家和社会学家倾向于以人类使用语言的能力来定义并区分人类的话，那么是语言能力中修辞这一维度抓住了研究者的注意力。20

世纪中期，美国当代修辞学家——坎尼斯·伯克（Kenneth Burke）的思想使人类行为研究者认识到修辞的重要性，他和苏姗·朗格（Susanne K. Langer）、恩斯特·卡西尔（Ernst Cassirer）一起坚持人类创造符号的能力的重要性。除此之外，他独自一人还强调创造符号与劝说艺术的相关性，他认为，语言符号具有最纯粹的科学术语所具有的说服力。最初，是托马斯·库恩（Thomas Samuel Kuhn）使人们普遍地认识到修辞的力量，作为科学家和科学哲学家，他的权威决定了这一切。最纯净的自然科学理论也是通过修辞在一定的范围内建立起来的。社会科学家们发展了他的思想，并竭力阐明科学家们是如何利用修辞构建相关领域的知识。修辞意念很快使研究者们对语类进行了重新思考，特别是从知识构建这个角度。

（2）言语行为理论

影响语类新定义的另一个理论是言语行为理论。语言不仅可以陈述事物的状态，语言还可以做事。至于具体做什么，则取决于当时的社会情景、说话人以及听话人的社会角色以及相关的权力。由此可以折射出两点含义，第一，语言，尤其是口头表达的言语，是做事的一种方式；第二，把言语作为一种行为来理解，必须考虑到言语发生的背景，研究者在研究言语行为时要从当事人的角度出发。言语行为理论本身解释不了社会行为领域中复杂的现象，然而，语篇作为社会行为，具有强大的影响力，支撑言语行为理论的思想，尤其是对语类的研究。

3. 研究成果

理论上的重新思考引起了对学术性以及职业性文献的实证性研究。研究者们用"地方志"的研究方法研究生物学家们的学术论文特征，税务文献的语类特征，实验报告的制作，中央银行的文献和各类语篇，社会工作者的记录以及报告，商务报告，私营企业文献的作用，大学里的写作规则和束缚。

所有这些研究成果揭开了特定环境写作过程中复杂的社会、文化、场所等限制因素对作品最终形式的影响。例如，管理哲学中的变化以及新技术的引进导致了新的商业语类的出现，即备忘录和商务报告。同时，其他的研究者也指出了文本形式的变化所产生的社会影响。例如，语篇社区如何利用修辞来吸收新成员以及排除外界人士，文本本身是如何反过来影响产生文本的社会以及物质环境的。

（二）系统功能语言学派

1. 语类的界定

以系统功能语言学理论为基础的语类研究学派其研究目的是为了提高语言

教学水平，因此，他们的研究侧重于语言的符号以及语言的功能。虽然研究的目标一致，但在给语类下定义时，该学派内研究者从各自的研究角度出发，最终形成两种定义。

有的研究者们认为，语类是一个以一定的目标为中心一步一步展开的社会过程。在他们看来，语类涵盖了描述以及理解文本所涉及的所有因素，囊括了从语言上掌握文本的一切内容。在研究中，他们注意文本参与者的目的以及他们使用文本所要完成的任务。研究中强调文本步骤的展开，因为这些步骤体现了文本使用者所要完成的社会任务的步骤。

有的研究者们认为语类是整个文本结构中的一个方面而不是全部。语类是分析交际中程式化语言的性质、语言的体现、语言的功能一种手段。因此，在研究中，他们并不注重文本所要完成的任务，而是关注产生文本的特定的社会情景的结构特征，着重研究社会特征是如何产生特定的语言形式，从而实现或反映这些社会关系和结构。

2. 理论支撑

该学派的研究理论基础是系统功能语言学，认为语言的意义以及使用语言的社会情景都是符号系统，两者之间相互包容、相互作用。语言的意义也就是语言的功能，它是由概念、人际、语篇三大元功能组成的系统，这三大元功能投射到使用语言的情景中分别折射出场所（语域）、人物（语旨）、方式（语式）三个变量，构成社会符号系统，与语义系统相呼应。

从语言内部来看，语言也是一个系统。语言可以分为内容和表达两个层面。内容负责释义，表达负责信息的组织形式。语义分为句法语义和语篇语义，前者将语言的概念、人际、语篇功能融合为语句或更小的单位而后者则将语句融合为更大的单位，即语篇。在理想的状态下，语句和语篇是自然的过渡，语篇包含语句，共同组成内容层面，内容层面和表达层面共同构建语言系统。

系统功能语言学集中研究语言的社会功能及其实现的过程，即研究语言的形式与意义之间的内在联系。

3. 研究成果

通过语言学习语言，通过了解语言学习语言。将语言学与教育学融合到一起，建立一个跨学科的教育语言学，只有这样才能对语言教育进行一场彻底的革命。这一思想指引着以系统功能语言学为基础的悉尼语类学派的研究。

（三）语类研究对英美文学教学的启示

高等学校英语专业培养具有扎实的英语语言基础和广博的文化知识并能熟

练地运用英语在外事、教育、经贸、文化、科技、军事等部门从事翻译、教学、管理、研究等工作的复合型英语人……这些人才应具有扎实的基本功、宽广的知识面、相关专业知识、较强的能力和较高的素质。为了达到这一培养目标，势必要对传统的外语教材、课程设置、教学理念、教学方法、评估体系等进行改革。语类研究的成果为这方面的改革提供了方法和途径。

根据语类研究，人的读写能力不仅在于掌握一套技术、技能或单一的语法能力，人的读写能力更多涉及对相关语言社区的思想意识形态的把握。这为大纲的设置和教材的编写指明了方向。

在语言教育中，特别是在外语教育中，应该向学习者提供特定言语社区有影响力的、代表性的语篇，使学习者尽可能多地接触并掌握未来工作和生活中将会遇到的种种语类，满足他们在社会交往中的实际需求。应该加强各专业的专门用途英语教学研究。

在具体的英美文学教学过程中，教师也应该自觉地运用语类分析方法。例如，在对文本进行剖析时，始终将语言的规律性与产生文本的背景联系在一起，让学习者对语篇进行分析，揭开文本中社会的、文化的、思想意识形态和政治的基础，同时了解这些因素是如何相互影响相互作用的。在教与学的过程中层层展开不同语类的交际性、互文性和层次性。

语类研究成果不但在宏观上对外语教学加以指导，而且在微观技能训练方面同样具有指导作用。例如，语类分析的结果可以作为图式知识帮助学习者提高听读能力。国外的实验结果表明，语类分析方法用于写作教学效果良好。甚至对于语言测试内容的设计，语类研究也具有很好的指导作用。

当然，语类研究的成果在很大程度上更适用于高等外语教育，但并不排除在基础外语教育中的作用。任何一句话都可以看作是对特定语境的一种反应，是一种语言行为，只有让初学者明白特定的语言形式与特定的环境之间的关系，才能使他们自如地运用目标语。

二、文化语言学与英美文学教学

（一）语言与文化研究的基本概念

文化的定义十分广泛，是人文的代名词。总结来看，文化就是指某一个区域人们生活所需的总称。现阶段，要给文化设置一个明确的含义是不太可能的。目前对于文化的定义人类有一个共识：文化是相对于政治、经济而言的人类全部精神活动及其活动产品。与语言一样，文化也是人类特有的东西。它由两部分组成：第一部分是文化的意识形态部分；第二部分是文化的非意识形态部分。文化可以传承、创造、发展。因此，它对于人类历史、风俗、宗教、法律、思维等的发展有着重要的作用。文化的作用主要体现在文化具有整合功能（即凝聚力）、导向作用、维持秩序和传续作用。文化是一个国家的软实力和精神力量的体现。因此，在物质层面丰富的同时，更应注重精神层面的完善与提升，确保我们的国家雄踞世界之林。

语言是根植于文化中的。语言不仅是一种工具，也是民族和文化的反应。语言是文化的反映。研究者们不仅探讨语言和文化的关系，还探寻语言和思想之间的联系。语言主要是反映而不是创造社会文化规律的价值和方向；世界各地的语言有着更大数量的结构共性。这些共同的文化特征我们可以参考作为文化共性。文化共性可能导致语言共性。

文化差异会带来语言结构的差异。如英语和汉语的语法差异就和文化差异有关系。在西方文化中，人被认为是与自然对立的，一切都被认为相互对立。受世界观影响，西方思维模式的特点是分析性与逻辑性。因而英语中较为强调形式要素。句子很少省略。与西方人相反，中国人认为人与自然是一体的。以这种观点为指导，中国思维模式强调综合、直觉。因此，在中文中，意义强调的句子成分可以省略而不歪曲整体的意思。

词汇的层次结构，即术语表示实体、活动和特点的分类方式，科学地反映了人们理解和分类他们生活的世界的方式。由于环境滋养，文化具有价值取向的本质，词汇层次与文化有着整体的关系。

语言的价值维度也随着文化差异而不同。例如，与英语相比，我们可以发现汉语中有更多的亲属称谓。汉语中的爷爷和外公在英语里都用 grandfather 来指代，同理 grandmother 可以根据情况翻译成外婆或者奶奶。汉语中的伯妈、姨妈、姑妈、舅妈在英语就是 aunt，伯伯、叔叔、舅舅也只用 uncle 指代。中国亲属称谓的细微差别是在中国根深蒂固的家族文化的需要。在古代中国，父系家长家族盛行，区分血缘关系是非常必要的。而英语中的亲属称谓大多是笼统的，缺乏细微的区别。这是因为西方人强调个人的独立和平等，大家庭的重要性因此削弱了。所以对他们来说，几个一般亲属词可以满足交际的需要。可以划分为七种类型。它们是：（1）概念意义；（2）内涵意义；（3）社会意义；（4）情感意义；（5）反射意义；（6）搭配意义；（7）主题意义。概念的意思是合乎逻辑的，认知或外延意义。一个词的概念意义是字典中的定义，它的功能指定或描述的东西。内涵意义是词汇意义的一个方面，使交际成为可能，它不受文化的影响。至于其他五个含义，可以归纳为联想意义。它是一种语言的外围意思，传达其概念意义。它更关心的是语言的使用者，更多指的是情感刺激，是这个词携带的联想。广义上说，联想意义是语言传达文化，因此，它也被称为社会文化意义。

语言作为文化的基石，与文化密不可分。众所周知，语言和文化是人类的社会生活的产物。从文化的视角来探析，语言是文化的子集，语言深受文化的影响。然而，文化不是与生俱来的，它需要学习者不懈地去学习和钻研。语言的学习不是孤立的，它应该回归到语言所根植的文化土壤。当我们学习一门外语或者第二语言时，我们不仅需要学习发音、词汇、语法和句法，更要学习这种语言背后的文化及所谓的语言思维。只有学好目的语的文化，才能更加准确地实现语言能力的同时，更好地掌握实用交际能力。否则，忽略对不同文化的差异的学习，学习者将会为自己在目的语习得学习以及实用过程中设置巨大的障碍甚至造成荒唐的误解以及难以理解的困惑。

（二）语言与文化研究的基本理论与实践

1. 外语专业教学领域语言与文化研究的基本理论

传统教学模式是将外语专业教学分为语音教学、语法教学和词汇教学，分类的依据是将语言理解为静态的知识体系（包括语音知识、语法知识和词汇知识），而非动态的运用。传统的外语技能方面的教学主要集中在听、说、读、写、译的训练，也始终没能走出"语言"本身的框架。这种教学思想受到主流语言学思想的影响，无论是结构语言学，还是转换生成语法，都将语言研究的视域限定在"语言"自身。自从 19 世纪末弗迪南·德·索绪尔（Ferdinand de Saussure）开创了结构语言学以来，1928 年在海牙召开的第一届国际语言学会议上出现的"布拉格音位学派"、20 世纪 40 年代的"伦敦学派"、美国的"描写语言学派"成为现代语言学的主流。20 世纪 50 年代，结构语言学思想在世界范围产生了重大影响，这种影响波及了外语教学领域。由于结构主义重视对语言形式的研究，不重视语义的描写，对语言结构的分析脱离语言环境和意义，因此不能抓住语言结构的本质，这种偏重形式的分析方法给外语教学带来不利影响。20 世纪 60 年代艾弗拉姆·诺姆·乔姆斯基（Avram Noam Chomsky）提出，人类具有先天的语言习得机制，这种"语言能力"是本民族人民内化了的语言知识体系，是人类能够掌握语言的关键，而语言运用是语言能力的具体表现。虽然乔姆斯基将解释语言现象确立为自己的研究目的，但对语言现象的解释仍是通过语言规则本身实现的，解释的过程不考虑语言外的因素，不考虑语言的实际运用。[①]

①　徐晓飞，房国铮. 翻译与文化 [M]. 上海：上海交通大学出版社，2018：130.

随着当代语言学的发展，越来越多的外语教育工作者意识到传统外语教学模式的局限性，如果不把视野放在社会文化的广阔天地中，语言研究和语言教学是没有出路的。三个相关语言学科颇有建树，一是跨文化交际学，产生于美国；二是语言国情学，产生于苏联；三是文化语言学，产生于中国。三门学科各有侧重，跨文化交际学侧重研究交际文化，语言国情学侧重研究词汇文化，文化语言学则侧重汉语同文化传统、民族心理和文化习俗的关系。虽然这三个学科有着各自的兴趣点和研究思路，但他们研究的对象是相同的，即研究语言和文化之间的关系。对于外语教学而言，跨文化交际学和语言国情学具有突出的理论价值和指导意义，提供了外语教学的新思路，至今仍在教学实践领域发挥着重要的作用。

西方（主要在美国）对语言和文化间关系的研究集中体现在"跨文化交际学"领域。跨文化交际研究始于 20 世纪四五十年代，由于当时美国政府意识到其驻外外交官员对所在国家文化知识的匮乏严重影响了他们的工作，决定对其进行岗前和在岗培训，希望他们在短期内掌握一些国外生活所需的生存技巧。跨文化交际学的创始人爱德华·霍尔（Edward Twitchell Hall Jr.）在其著作《无声的语言》中首次使用了"跨文化交际"这一术语，并指出文化在人们社会生活中的重要性。霍尔等人有关跨文化交际的论述引起了当局的重视，并发挥了重要作用。他认为，文化是人类生活的环境，文化影响着人类生活的各个方面包括自我表达的方式以及感情流露的方式、思维方式、行为方式、解决问题的方式。[①] 跨文化交际学认为，儿童在习得一种民族语言的同时也就是在习得这一民族的文化，习得这一民族的文化内容和文化传统。在乔姆斯基之后，海姆斯（D. H. Hymes）指出，"语言能力"仅是一种"语法能力"，它只注重人的内在语言心理因素，却忽略了语言外在的社会文化因素，舍弃了语言的交际功能，因此应当关注语言的"交际能力"。交际能力的提出为跨文化交际学提供了合理的分析框架。[②]

在外语专业教学领域，"交际教学法"是在"交际能力"等理论提出后产生的，传统的教学法开始受到"交际教学法"的冲击。外语专业教育工作者意识到，外语专业教学的任务就是要培养具有不同文化背景的人们具有交际能力。因此，外语专业教学不仅是语言教学，而且还应包括文化教学，"目的语文化"的导入得到了应有的重视，因为只注重语言的形式，而不注意语言的内涵是学不好外语的。文化教学应当给学习者提供充足的知识和语言文化技

---

① 阮桂君.跨文化交际与实践［M］.武汉：武汉大学出版社，2017：12.
② 王勃然.二语与外语能力发展研究［M］.北京：光明日报出版社，2019：2.

能，以便和外国一些具备同样背景和教育的人成功地进行交际。他们需要有意无意、设身处地理解外国当地人的文化，并能够合适地接受其语言和非语言的行为。语言行为是一种文化行为，语言能力和交际能力的培养离不开文化因素。传统外语教学忽视了社会文化因素对外语教学的影响，只侧重培养学习者的语言能力，看到了母语对外语学习的干扰，却忽视了社会文化因素的干扰。因此，语言学习者应具备的能力包括两个方面，即语言能力和交际能力，前者指的是掌握语音、词汇、语法、篇章等知识，后者指的是运用这些语言知识进行交际的语用能力。外语能力中的交际能力包括六个方面：听、说、读、写、译五种运用能力和文化素养能力（社会文化能力）。充分认识社会文化能力所具有的价值，极大地推动了外语教学。

俞约法在详细研究语言国情学之后，提出了语言国情学的学科性质研究对象、研究方法。①

首先，语言国情学是语言教育科学中为外语教学服务的应用文化语言学，它研究的出发点和最后的归宿都是语言教学，它同语言教学有着血肉关系，它未提出系统研究文化本身这样一个目标，也未以发现和揭示文化同语言之间的规律为己任。其次，语言国情学对文化的研究限于表层，而未及深层；重点在词语的民族文化语义和语用，旁及各种文化背景常识；对象是个别的、零散的、具体的事实；研究工作具有发掘性和描写性。最后，语言国情学大力研究文化背景的教学法问题。

2. 文化导入——语言与文化研究在英美文学教学中的应用

（1）文化导入的概念

文化导入，又称文化植入、文化移入。该概念适用于二语习得领域。最早是从社会心理学角度构建了"文化导入模式"，认为第二语言学习过程中最重要的是社会因素和个人情感因素，文化导入的程度决定了第二语言习得的成败。②

20世纪80年代，中国学界开始关注外语教学中的文化因素，赵贤洲较早提出"文化导入"概念，胡文仲较为系统地阐明了外语专业教学中的文化、交际问题。林汝昌认为，文化导入是外语专业教学的延伸和补充，他详细地探讨了外语专业教学中文化导入的层次问题。③ 我们将英美文学教学中文化导入分为三个层次，第一个层次为讲授目的语的语言结构知识，消除外语学习中影

① 王福祥. 对比语言学概论 [M]. 哈尔滨：黑龙江大学出版社，2012：55.
② 吕兴玉. 语言学视阈下的英语文学理论研究 [M]. 长春：东北师范大学出版社，2017：229.
③ 徐刚. 高校英美文学教学理念与模式研究 [M]. 天津：天津人民出版社，2021：75.

响理解和使用的文化障碍，重点是导入有关词汇的文化因素和有关课文内容的文化背景知识；第二个层次为系统导入相关的文化知识，根据每篇课文或每册书的内容，归纳出能涵盖课文或全书内容的文化框架；第三个层次为导入更广泛的文化内容，包括一个民族的历史与哲学传统，即综合与概括一种文化的社会模式及其价值系统的文化表现形式。

（2）文化导入的原则

赵贤洲、束定芳、鲍志坤、张安德和张翔以及赵爱国和姜雅明等诸多学者曾专门探讨文化导入的原则问题。总的来看，在英美文学教学中进行文化导入要遵循以下几点。[①]

首先，文化导入应当侧重目的语同母语相异的方面。学生在跨文化交际以及习得外语的过程中，两种语言中存在的文化共性方面不会成为学习过程中的障碍，引起学习者困惑的往往是母语社会中不曾有过的，或者母语社会与目的语社会的理解存在差异的语言、言语现象。这些内容应当作为文化导入的主要方面，在编写教材、课堂授课、课下作业、测试等各个环节得以充分体现。例如，在维列夏金和科斯托马罗夫提出的词汇背景理论中，文化伴随意义基本等值的共有事物和现象不应是外语教学的重点，而文化导入应侧重于仅在一种语言中有文化伴随意义或在两种语言中有不同的文化伴随意义的词汇，因为这部分词汇在学习者习得过程中需克服来自母语的干扰，需要付出更多的努力。例如，汉语中"吃狗肉"这一表达没有独特的文化伴随意义，而英语中 eat dog 表示替别人干别人不愿意干的事情。在外语教学中"吃狗肉"这类存在文化差异的语言现象是需要格外注意的，因为这类现象容易导致外语学习中的误解，导致"文化休克"。

其次，文化导入应当遵循一定的阶段性。人们对异文化的感知和适应是个渐进的过程，这决定了文化导入必须遵循这个规律。人们对文化差异敏感性可以分为四个阶段，第一个阶段是对于表面的、明显的文化特征的识别，人们的反应通常是认为新奇、富有异国情调；第二阶段是对于细微而有意义的，与自己的文化迥异的文化特征的识别反应通常是认为不可置信或难以接受；第三个阶段与第二个阶段相似，但通过道理上的分析认为可以接受；第四个阶段是能够做到从对方的立场出发感受其文化。从第一阶段到第四阶段不是一蹴而就的，这期间必定经历一个由新奇到疑惑、排斥，再到从理智上理解，并最终从情感上忘却文化间的隔阂，能够站到他文化的角度上，感受和理解他文化。英美文学教学的目标只能是使外语学习者最大限度地接近第四个阶段，想让所有

---

① 徐晓飞，房国铮．翻译与文化［M］．上海：上海交通大学出版社，2018：142.

外语学习者达到 empathy（"神人"，即感受不到是不同的文化，认为是自然而然的，就如同母语文化一样）的程度是不现实的。[①]

文化导入需要划分为不同的阶段进行。在初级阶段，文化导入的主要是一些比较容易理解的表层的文化。慢慢地，学习越来越深入，学习人员对目的语文化既有了感性的认识，也有了一定的理性认识，这个时候，在教学的时候就可以融入价值观、思维模式的差异性等内容，只有这样，学习外语的人员才能理解得更为透彻。针对英语教学中的文化导入，谭志明、王平安认为需要分为三个阶段：第一个阶段是初级阶段，这个阶段牵涉的主要是一些比较表面的文化，在这一个阶段，文化主要导入的是日常生活中的英语和汉语的主流文化之间存在的差别，还有这样的文化差别在语言的形式和运用中的具体化的表现，促使学生把握日常的生活中英语交际的能力。第二个阶段是中级阶段，在这个阶段，主要讲述的是因为文化之间的差异所导致英汉词语、成语的意义和使用上的不同，让学生对英汉词语含义的不同有更深入的了解，进而更好地理解英语表达中的文化含义。第三个阶段是高级阶段，在这个阶段，主要讲述的是中西方在思维方式和语言的表达方式上的差别，这样就可以促进学习人员的语言表达能力的提高，对西方的人际交往模式有更好的了解。在任何一种外语教学中，我们都可以采用分阶段开展文化导入的模式，这样的模式，既在一定程度上体现了外语教学的特点，也和人们对不同文化的心理认知规律的感知相适应。[②]

第三，在进行文化导入的时候，我们一定要做到质的优先选择和量的适度。文化的范围是非常广阔的，但是，当我们在进行英美文学教学的时候，课时是有限的，文化的很多东西并不能都在教学中表现出来。所谓的质的优先选择指的是，在学习目的语的文化的时候，我们选择的是主流性的文化和当时非常流行的文化，而不是个别性的文化和过时的文化。只有这样，我们才能在有限的时间里，最大可能地把握目的语的文化的实质，进而推动跨文化交际的开展。所谓的量的适度指的是，文化导入的内容要和跨文化交际有着非常紧密的关系，换句话说就是，英美文学教学当中的文化导入的内容必须在外语专业教学的框架下，最终的目的就是让文化导入促进学生文化交际能力的提高。

---

① 陈定刚. 当代中国翻译教学与翻译能力培养研究［M］. 沈阳：辽宁教育出版社，2017：82.
② 黄丹丹，王娟. 翻译能力的构成以及培养研究［M］. 西安：西北工业大学出版社，2020：128.

第二节　基于不同理论的英美文学教学探索

一、基于支架教学理论的英美文学教学

（一）支架教学理论的基础知识

"支架"原意是指在建筑屋宇楼房时，为了在高处操作而搭的架子，这一概念在引入英语教学之中后，也可比喻"教"和"学"的关系。在教学过程中，教师负责指导和帮助学生构建自己的认知与经验结构，更好地提升自己的认知水平和学习能力。

"最近发展区"理论以及建构主义理论构成了支架教学理论的理论基础。支架教学理论的特征要求教师教学过程要维持在最近发展区之中，且教学之中一切教学活动以学生为中心。支架教学的流程大致分为：明确最近发展区范畴—进行支架构建—在支架辅助下探索学习方式—检验学习成果—逐步拆除支架。

英语专业的大三学生群体在经过大一大二的两年学习后，已经拥有了一定程度的语言基础理论知识和学习能力，所以具有赏析英美文学的能力，他们缺少的只是赏析文学的常用手段和方式。所以，想要消除学生对于文学赏析的抵触心理，就必须先构建能够激发他们学习兴趣的学习支架。在英美文学教学前期，教师应当帮助学生构建英美文学的学习支架，提高学生文学鉴赏的能力；随后，英美文学教学应当围绕学生进行交流与互动，构建学习互动支架，从而帮助学生以专业的文学鉴赏方式来阅读和品鉴经典文学著作；除此之外评价支架的构建也不可忽略，教学评价可以帮助教师更好地掌握和了解学生的学习情况与效果；最后，教师在拆除学习支架的时候，须得考虑学生之间的认知与能力的差异性。

（二）支架教学理论应用于英美文学教学的策略

1. 搭建积极的学习心理支架

教师若想削弱学生对于文学的抵触心理，激发学生对英美文学鉴赏的兴趣可以从以下几个方面入手构建学生心理支架：一方面，教师在与学生交流的时

候可以多提及自己的文学学习的经验以及学习中发生的趣事；另一方面，教师可以请大四的学长学姐们过来讲述一下自己在学习了一年文学之后有什么经验和能力上的变化或者是感受，让学生们在身边的人中挖掘出文学的兴趣点与闪光点，感受文学探究人情绪、思想、人性以及世界存在等问题时所散发出的魅力，以削弱学生对文学的抵触心理，此外，教师也可以将多媒体技术融入课堂教学，吸引学生注意力。

2. 搭建文学学习方法的支架

在学生心理支架构建完毕之后，教师就要开始着手于学生学习方式支架的构建了。协助学生了解和熟练英美文学鉴赏的基础常识和方式，是每个教师在学生真正开始复杂的英美文学鉴赏学习前的必要准备工作。无论是什么学科，都必有一套自己专属的模式和规范，文学语言也不会例外。例如，小说这一文学表现形式的规范就包含着：人物与故事背景的设定、剧情冲突与变化、文笔风格与描述方式以及小说结构与故事发展节奏的安排等。诗歌的专属规范包括遣词造句、修辞方式、音律节奏、意象选择等。在这一阶段的学习之中，教师应该使用先提醒后示范再讲解的教学方式，让学生逐步把握正确的文学鉴赏方式，为将来独立赏析文学作品打下基础。

3. 搭建互动的支架

教师想要搭建互动支架，就必须要在教学过程中多组织互动活动，让学生在互动活动中自主搭建英美文学鉴赏的知识学习体系。同时，学生能否构建起知识学习体系，主要取决于互动活动的效果好坏。

（1）师生互动的支架

师生互动支架的构建要求教师必须加入到与学生的互动活动当中，协助学生构建学习方法支架，引导学生正确的使用文学鉴赏的方式品鉴文学著作并在学生掌握后逐渐再进行支架的拆除工作。学生则应当在教师的指导下，按部就班地完成文学鉴赏知识体系的构建。以莎士比亚的代表作《哈姆雷特》中的第三幕第一场为例，将互动活动按照以下方式来设计。

第一，该段独白是在什么情境下发生的？（戏剧冲突）

第二，独白中哈姆雷特对死亡抱有什么样的态度？采用了什么修辞手法？（对死亡的好奇和对未知世界的恐惧，比喻）

第三，哈姆雷特犹豫的原因是什么？如何体现出文艺复兴时期的人文主义精神？（对社会、人生、善恶、正义与腐败等的思考）

教师通过设置合适的问题来达到启迪学生思考的目的，在设置问题的同时，教师还可以将英美文学中有关于生死问题探讨的作品联合在一起进行学习，从多个方面解析英美文学中文学大师对于生与死的认识。这样的教学方式更有利于突破传统的以时间顺序为主线的授课模式，为英美文学的教学注入了新的活力。

（2）生生互动的支架

学生与学生之间的互动也是一种很有意义的互动方式。在教学过程中，教师可以将学生分成几个小组，以小组为单位进行课堂展示与互动，改变传统教学模式中学生被动接受知识的习惯，激励学生更多的投入进课堂中，提高教学质量与效率。同时这样的活动也能让学生认识到，对于艺术的解读，向来没有对错之分。例如，以简·奥斯丁（Jane Austen）《傲慢与偏见》的第一章为例设计课堂活动，教师可以先通过播放同名电影的片段进行课堂导入，在学生理解了小说的基本构成要素后，再组织学生进行交流互动。

第一，就选读片段中的人物、修辞、情节进行分组讨论，形成自己的观点。

第二，各小组选派代表进行汇报，与其他小组交流意见。

在小组讨论及交流后，教师须根据学生表现做出点评与总结。点评与总结可帮助学生反思如何将小说要素运用于文本分析。

4. 搭建评价的支架

传统的英美文学课仅有期末考试这一种评价方式，这样的评价体系过于单调与片面。然而与教学理论相结合的英美文学课其评价方式与之前大为不同，其创新之处主要表现在以下几个方面。

第一，教师对于学生的评价范围扩大。教师不再只通过期末考试这一个方面来评价学生的学习成效，而是在不同的教学阶段使用不同的评价方式。例如，处于教学初始阶段时，教师应多关注学生对英美文学品鉴方式的掌握程度，按照掌握程度的高低给予一定的评价与指导。当学生处于教学互动活动之中时，教师应多关注学生的互动表现，给予不同的学生以不同的教学反馈，帮助学生更好地提高文学作品的鉴赏水平。除此之外，教师还应通过学生的掌握程度，对教学方式以及教学进程进行及时的调整和改变。

第二，支架教学理论要求教师将学生与学生之间的互评以及学生对自己的自评纳入教学的评价体系当中，打破教师在评价体系中的垄断地位。在小组展示与交流时，学生更能直观地感受到小组内其他成员以及其他小组成员的活跃度。学生在对自己进行自评时，能更好地认识到自己在学习与课堂中的优缺点，从而推动自身自主学习能力的提升。

5. 支架的撤离

在学生成功掌握了正确的文学鉴赏方式后，教师就要开始着手于支架的拆除工作了，考虑到学生间的认知与能力存在差异性，教师要寻找适合的时间与机会，逐步拆除支架。其中，初期为了激发学生学习兴趣的心理支架在学生学习步入正轨后，就可及时撤除了；当学生掌握了正确鉴赏文学的技能与方式并形成一定的自主学习能力后，教师就可以斟酌撤离有关文学批评方法的支架了，但考虑到，人思维方式的形成是一个极其漫长的过程，在教学过程中，这一方面的支架可能要反复构建，所以这部分支架的撤离时间，教师一定要仔细斟酌，切记不可操之过急。

支架教学理论要求教师充分重视在教学过程中学生的主体地位。在教学过程中，教师只是教学的引导者和协助者，学生主观能动性的发挥是融合支架教学理论的教学课堂与传统课堂的重要区分。这种教学方式在更好的激发学生学习兴趣的同时，也在一定程度上让学生的认知能力与思辨能力得到了提高，对英美文学教学改革来说极具借鉴意义。

二、基于多元智能理论的英美文学教学

（一）多元智能理论基本结构

1983 年霍华德·加德纳（Howard Gardner）在其著作《智能的结构》中对智能进行了全新的诠释。在加德纳的相关理论中，智能是人类在解决难题与创造产品过程中所表现出来的，又为一种或数种文化环境所珍视的那种能力或者是解决问题、制造产品的能力，这些能力对于特定的文化和社会环境是很有价值的。在加德纳的多元智能理论中，目前可以科学界定的每个人都拥有的相对独立存在的最基本智能有以下几种，即语言智能、逻辑—数学智能、音乐智能、空间智能、身体-运动智能、人际交往智能、自我认识智能。需要强调的是，智能的分类也不仅仅局限于这几项，随着研究的深入，研究者会鉴别出更多的智能类型或者对原有智能分类加以修改，如加德纳于 1996 年就提出了第八种智能——认识自然的智能等等。

1. 语言智能

语言智能多表现在政治演说家、记者、律师、主持人、销售员等职业身上，具体指，能够熟练表达自我想法与感受，理解别人想表达的意思，精准驾驭语言语法、语义等方面，可以准确生动的阐述自己的想法、观念、情感等并实现语言艺术的进一步升华的能力。

2. 逻辑—数学智能

人的数学计算与逻辑推理能力统称为逻辑—数学智能。这种智能水平较高的人通常比较擅长理性逻辑的推理和判断，例如逻辑学中的类比、对比以及因

果关系的推理，又或者是数学上数字、运算、代数等方面的理解能力。一般来说，在物理学家、逻辑学家、数学家等身上，这种智能会表现得更为显著一些。

3. 音乐智能

一个人对于音乐的感知能力、表现能力、创作能力以及欣赏能力统称为音乐智能。通过对这种智能的培养，能够推动人欣赏能力、创作能力以及思维能力的提高，可以在陶冶情操的同时促进人的身心健康发展。这项智能水平较高的人，对音乐的敏感性极强，能够非常敏锐地捕捉到音乐的声调、节奏等方面，具有较高的表演、欣赏与创作天赋，主要表现在歌手、演奏家、指挥家等职业身上。

4. 空间智能

人们常说的方向感、空间判断能力、物体之间透视关系的判断能力就是空间智能。空间智能水平较高的人，能够准确地感知空间，并通过线段、图案以及色彩将空间透视与位置精准的表现出来。这类智能通常在建筑设计师、航海家等职业身上较为显著的表现出来。

5. 身体—运动智能

身体—运动智能是人们工作和生活中不可或缺的基本能力之一，这一智能主要由人身体的灵敏值、平衡能力、协调能力等多种能力组成的，这些能力协助我们在日常生活中完成各项运动和体力活动，甚至还可以帮助我们通过肢体来表达语言与思想。这一类智能，通常在运动员、舞蹈演员等职业中会表现得较为明显。

6. 人际交往智能

人际交往是人们建立社会关系的一种主要手段，人际交往智能水平高的人能够在完美控制自己情绪的同时，向外人表达自己的观念与思想，并且能够敏锐的感知到他人情绪的变化并给予恰当的反馈，能够很好地协调社会关系，提高沟通的效率。教师、外交官等职业均表现出较强的人际交往智能。

7. 自我认知智能

能够精准地进行自我认知与判断，认知自己、了解自己的能力范畴，正视自己的优缺点，摆正自己的定位，并能通过自我调节的方式，实现自身身心健康发展目的的能力，叫作自我认知智能。心理学家、心理咨询师等职业身上通常会表现出较高的自我认知智能。

8. 认识自然的智能

对大自然以及周遭环境的事物认知较为敏感的能力叫作认识自然的智能。这类智能通常会在生物家、农夫、园林设计师等职业身上表现突出。

（二）多元智能理论应用于英美文学教学的策略

在加德纳的多元智能理论中，人们最基本的智能有语言智能、逻辑—数学智能、音乐智能、空间智能、身体—运动智能、人际交往智能、自我认知智能以及认识自然的智能。鉴于英美文学的教学现状，基于以人为本、科学设计、提高兴趣的原则，采用角色扮演、趣味游戏、活动比赛、多媒体运用的方法，科学地将多元智能理论运用到英美文学的教学中能够提高英美文学教学的课堂效率。

1. 采用角色扮演

学生是一个充满活力、富有探究欲和表现欲的群体，年轻使得他们乐于去接纳和探究新的事物。我们可以利用这一特点，在教学中更多地融入新鲜的事物，推动英美文学教学的改革。例如，让学生自行选择自己喜欢的动漫、小说、电视剧、小品、相声等，进行角色和片段的模仿扮演，在扮演的过程中，学生需要将英美文学巧妙的插入其中，可以通过小品和相声的方式讲说作品内容立意等。通过这种教学方式，可以很大程度上提高学生对于英美文学的热情兴趣，同时，也能推动学生综合素质的培养以及课堂效率和水平的提高

2. 开展适当的趣味游戏

现如今，不玩游戏的年轻人占极少数，我们可以利用这一点，通过设计科学趣味的游戏活动，让学生们在玩乐的时候同样也能够收获到大量知识。以卡牌游戏为例，教师可以将故事的主角或者是内容融入卡牌之中，让学生在短时间内快速记忆主角性格或作品内容等，或者相邻句子组成段落。这种教学方式寓教于乐，让学生在游戏的同时也学到了不少英美文学知识，从而激发学生的学习热情与兴趣，让学生爱上英美文学课。

3. 举行活动比赛

比赛活动中特有的竞技性可以激发年轻人心中的胜负欲，若以英美文学为基础设计活动，就可以在调动他们胜负欲的同时，见缝插针的让他们学习英美文学知识。所以，教师可以不定期组织几次英美文学活动比赛，设置具有吸引力的比赛奖品，学生们为了赢得胜利，就会自发地进行英美文学的学习，提高自己英美文学的鉴赏水平和技能，从而开拓学生的知识面。这样的比赛不仅可以作为课程检验的一种方式，也可以在无形之中丰富学生的知识、激发他们的潜能，推动他们智慧与反应等相关素质的培养。

4. 运用多媒体技术和手段

多媒体技术包含甚广，它可以将语言、音乐、视频、图片等结合起来，然后通过一个媒介表现出来，这样的技术可以在观感上为使用者留下极深的印

象。教师在进行英美文学教学工作中，也可以将多媒体技术巧妙的融合进课堂之中，通过多媒体技术像学生展示更多英美文学的文献或影视资料，充分调动学生的兴趣，为学生留下更深的英美文学印象。比如，可以在多媒体上为学生播放英美文学的翻拍影视作品，使学生在感受到语言魅力的同时得到口语和听力方面的锻炼，同时，学生也能更为直观地感受到英语的文化环境。

三、基于建构主义理论的英美文学教学

（一）建构主义理论的基础知识

构建主义理论的创始人是让·皮亚杰（Jean Piaget），其理论的主要观点如下：教学教育活动应以学生为中心，教师负责协助学生养成良好的自我探索与学习习惯，让学生自发主动的进行相关知识理论体系的构建，明确所学理论知识的意义。构建主义理论要求教师不能将课堂教学看作是单方面的知识传递工作，在课堂教学过程中，要更多的鼓励学生进行自主的理论知识体系构建，将学习内容放在合适的社会文化背景之下，帮助学生更高效的完成知识的构建工作。在进行理论知识体系构建的过程中，学生应该积极主动的对接触到的相关知识信息进行筛选、分类和加工处理，利用旧的知识完成对新的知识的学习与认知，推动相关观念的改变和结构体系重架工作，同时，借助任何可利用条件，完成对问题的探索与解析。教师在知识构建这一过程中，仅仅作为学生的引导者与协助者的身份存在，通过运用各种方法，帮助学生树立自我控制式学习观念。

（二）建构主义理论应用于英美文学教学的策略

将英美文学融入高校英语教学活动的做法，从构建主义的角度来看，一方面可以拓宽大学生英语认知的深度和广度，另一方面可以推动大学生跨文化交际能力的培养，提高大学生英语交际水平。

1. 引入英美文学作品社会背景知识

当学生缺少对英语国家历史文化背景的认知时，将会觉得英文学习晦涩难懂、枯燥乏味，也很难快速找寻到作品真正想要传达的意思。所以教师应该更多的将英美文学所处的社会文化背景融入课堂教学当中，增加学生对相关社会与国家背景的认知了解，准确掌握作品主题和立意，以此加强学生对英美文学的鉴赏能力。

2. 阅读和赏析英美文学作品

对于英文作品的品析与鉴赏可以培养大学生自主思考和探究的精神，在对英美文学的品析过程中，大学生可以更深入直观地了解到中西在价值观念、文化特征上的差异，从而达到深入了解英语国家历史文化背景、社会风貌的目的，推动大学生文学敏感度和观察力的提高。此外，教师还可以通过角色扮演的方式，将书中人物和社会背景相结合，让学生扮演并代入其中，从而加深他们对作品主题和立意的理解。

3. 融合多媒体信息技术教学手段，实现对英语知识的主动建构

教师在进行英美文学的课堂教学时，可以利用网络上丰富的资源帮助学生进行英语知识的体系构建，例如，可以引导学生多在网络上进行相关英美文献资料的收集，加深他们对相关作品历史文化的社会背景了解；利用多媒体技术，对不同水平层次的学生进行分层教学，精准把控每个学生的学习水平；利用多媒体信息技术，定期组织英美文学的角色模仿配音活动，让学生沉浸式地体验到英美文学作品的内涵与魅力。

4. 采用多元化的英美文学教学方法

建构主义理论要求教师要将学生放在教育教学的主体位置，主张培养学生自主学习的能力，让学生学会自主的发现问题、提出问题、解决问题。引导学生进行英美文学问题的小组讨论，培养学生认知和探索思维，提高学生的文学审美能力。例如，教师可以使用角色扮演、小组讨论、课堂展示等教学方式，激发学生学习英美文学的学习兴趣，引导学生更深入的了解英美文学知识，提升学生的英语阅读和品鉴能力，培养创新思维。

所以，将英美文学引入英语教学工作之中是推动英语教学改革的重要环节，它可以帮助学生完成中西语言学习和领悟的桥梁建造。鉴于英美文学作品中的词汇、句式语法等相较平常的英文学习要复杂多变，所以教师应该在构建主义理论的指导下，借助各种方式，鼓励学生积极主动的参与到英美文学的学习课堂当中，树立自主学习与探究的意识，形成独立自主的英美文学分析鉴赏能力，从而实现跨文化社交能力的提升。

第三节 英美文学教学现存的问题与改革实践

一、英美文学教学现存的问题

高校将英美文学纳入英语专业课程的目的在于，夯实学生的语言基础，提升文学方面的素养、增加学生对于西方历史文化的了解。但是，在这个经济全球化的社会背景下，社会对于经贸与商务英语的需求越来越高，文学因欠缺实用性而日渐被人们忽略，再加之英美文学是一门较为晦涩枯燥的课程，英美文学教学也存在一些不可忽视的问题，这使得英美文学的教学改革更为迫在眉睫了。

（一）对英美文学课程的重视度不够

现如今，英美文学在我国大部分高校都不受重视，主要有以下两个方面的表现：第一，英美文学课程安排课程少、时间短，极不合理，例如需要长时间学习研究的文学作品鉴赏、文学理论等课程，实际课时只有短短一个学期，学生们走马观花，很难领略到英美文学作品的内涵和魅力，教师传统的填鸭式教学方式也较为枯燥死板，课堂实际教学效果较差。第二，高校图书馆藏书中，有关英美文学的作品较少，学生阅读条件较差。

（二）学生对英美文学学习的认识不深入

在经济全球化的背景下，学生被社会需求推动着会更加重视英语学习的实用性，而忽视文学素养的培养。并且，一些学习英美文学的学生常常会陷在某一个或一句难词长句之中，过于重视局部而忽视整体。

（三）注重语言能力，忽视人文素养

现如今，我国英美文学教学还有一个缺陷表现得极为明显，即过于重视学生语言素养培养而忽视了开设文学课程的最根本目的是推动文学素养的培养。这样错误的观念根植在许多学校、教师和学生的意识里，他们常常会过分重视英美文学课程对于学生英语语言知识的提升效果。教师在课堂教学过程中往往会更重视对原文中词汇、句子和语法的讲解，这样的教学方式，学生很难领悟到作品的真正内涵和立意，也不太可能会对英美文学产生兴趣。

二、英美文学教学的改革实践

（一）英美文学教学改革之多模态教学法

1. 多模态教学简介

多模态教学模式源于 20 世纪 90 年代兴起的多模态话语分析理论。多模态话语指运用听觉、视觉、触觉等多种感觉，通过语言、图像、声音、动作等多种手段和符号资源进行交际的现象，它主要基于韩礼德（M. A. K. Halliday）的系统功能语言学理论，得出语言以外的其他符号体系，如图像、声音等也是有意义的源泉，并与只包含语言符号的话语一样，也具有概念功能、人际功能和语篇功能。

现如今，有关于模态教学法的英语教学研究层出不穷。伴随着信息化时代的繁荣发展，陈坚林提出"立体式网络化外语教学模态理论"，阐明了所谓多元化、立体式多媒体教学就是立体式教学的观念。简单来说，多模态的英语教学方式就是将身体的多种感官和空间以及肢体动作等结合在一起，并融入英语教学课堂的设计当中。将计算机技术与以网络为主要核心的现代信息技术相结合，是推动英语课堂教学改革的有效方式。

多模态外语教学的研究为英美文学教学改革注入了新的活力，提供了新的思路。相较于其他专业课而言，英美文学课程艺术和人文的气息较为浓厚，且具有自由和延展的特征，所以较为适合采用多模态教学模式进行教学。现如今，大部分将多模态融入英美文学教学的方式都是进行文学作品的品析和影视作品的观看赏析。高校与教师应多探寻适合自己的有自己专业特色的英美文学多模态教学模式。

2. 英美文学课程多模态教学模式构建

随着信息时代的繁荣发展，国内绝大多数高校都拥有多媒体设备和帮助自主学习的网站，所以在改革英语专业课程的时候，高校可以采取更为全面有效的多模态教学模式。为了顺应人才培养目标的变化以及高校的课程学分制，高校在构建英美文学多模态教学模式的时候，应从教学的方式、方法、内容、技术以及效果反馈方面入手，改革传统的过时的教学模式，改革时还需联系教学的实际情况，在英美文学课程互动教学中酌情添加语言、视觉、触觉等模态。

利用多个模态的协同作用来完成课前预习、课堂互动、课后延展这三个方面教学活动的教学模式即是多模态教学模式。学生在上课之前通过各种手段来了解本节课所学内容的活动叫作课前预习，学生在预习时，不应仅将预习精力放在课本和辅助材料上，他们可以通过互联网技术来获取更多课程相关背景资料与信息。除此之外，教师还应当积极鼓励学生形成学习小组，通过合作的方式完成英美文学翻译，这样有利于帮助学生加深对作品内容的理解，推动多模态教学的发展。课堂互动时，教师可以让学生以小组为单位，通过多媒体技术手段来展示课前预习内容。同时，教师还可以开展英美文学作品朗读的课堂活动，让学生通过感官，进一步加深对作品的理解。在课后延展时，教师可以通过播放影视作品等方式让学生以小组为单位进行自由讨论与鉴赏品析，学生通过这种方式可以自由的探讨和发表自己的看法与意见，进而加深自己对于作品内涵以及立意的了解。此外，教师还可以鼓励学生对英美文学作品进行自由合理的编纂，以此来完成文学创作和实践。在多模态的教学模式中，教师担任引领者和协助者的身份帮助学生树立自主学习的意识，在教学过程中，教师应注重与学生的沟通工作，及时了解学生的学习状态与效果，以便于推动教学质量与水平的提升。

随着教学改革的不断发展，传统的教学模式遭受到极大的冲击，而多模态教学模式日渐为人们所接受和推广。高校应更多的加深对英语文学课改革的探索与研究，合理利用互联网技术、多媒体设施等来改革传统的教学模式，早日探究出有自己特色的英美文学教学改革方案。

（二）英美文学教学改革之"对分课堂"教学法

1."对分课堂"教学模式理念

由张学新教授提出来的"对分课堂"教学模式是以建构主义学习理论以及认知心理学原理理论为基础理论的教学模式，它将传统课堂和讨论式课堂的优点相结合，将课堂教学时间细分为教师讲授（Presentation）、内化吸收（Assimilation）和讨论（Discussion）三个过程，这种教学方式简称为 PAD 课堂。在这种教学模式中，课堂时间一分为二，一半的时间由教师来教授知识，另一半时间由学生自主进行自由讨论和交流学习，等学生将知识理解消化并完成课后作业之后，教师再组织他们进行"隔堂讨论"，解决学生存留问题的同时将他们所学知识进一步夯实。教师再教授课程时，尽量将侧重点放在知识框架、基本概念以及重难点上。学生在课后可视自己的学习情况再进行知识的理解和领悟，进而更好地把握所学知识。

学生在讨论之前须要完成教师留下的课堂作业，并且在作业完成之后还要写"亮考帮"（即"SHE"）。所谓"亮"就是"亮闪闪"（Shining Points），即整个章节的学习当中给学生留下最深印象和感触的内容；"考"就是"考考你"（Examining You），让学生使用自己以及融会贯通的知识去考验别的学生，看他们是否也已经掌握；"帮"就是"帮帮我"（Helping Me），当学生由不明白的地方，鼓励他们去向他人求助。

"对分课堂"的独特教学模式让每一个学生在教学过程中都有了一定的发言权，有利于激发学生的学习热情，不失为一种有效的英美文学课堂改革方式。

2. "对分课堂"教学模式在英美文学课程教学中的应用

相较于传统的教学方式，"对分课堂"教学模式需要教师在课前规划好细致的教学计划，安排好合适的课后作业，实施"对分课堂"教学模式的方式如下。

本次设计以英国批判现实主义时期作家威廉·梅克比斯·萨克雷（William Makepeace Thackeray）为例。在第一次上课时，教师应当先介绍萨克雷的生平实际、代表作品等，让学生对这位作家有一个整体的了解，然后作业是：阅读教材中萨克雷的作品节选，观看《名利场》的电影版，并在此基础上完成一篇400~600词的小论文，小论文中要包含主角利蓓加·夏泼性格分析，以及SHE三部分。学生有一周的时间消化理解课上学习的知识以及查阅资料完成课后作业。

第二次课的第一个课时，教师需要将学生分为4~5人的几个小组，然后以小组为单位进行课堂谈论。首先，学生有15分钟的时间对作业内容进行讨论，解决SHE中的问题，做好总结后选出发言代表。在学生讨论期间，教师应当多倾听学生的发言，了解每个小组的完成情况。然后，教师应该组织学生发言代表进行发言，并规定每个小组至多只能论证阐述主角的三个性格特点且观点不得重复。台下的学生必须要仔细聆听他人的观点和发言，这样能使的学生对于主角的性格了解的更为全面。学生发言结束后由教师进行归纳总结。等第二次课的第二个课时结束后，教师再进行新的课程的讲述以及作业的布置，循环往复。在英美文学教学中，这种教学模式极具优势。

第一，"对分课堂"教学模式有利于激发学生的学习热情，为英美文学教学增添新活力。过去传统的教学课堂仅有教师一人进行知识的讲授，学生只能被动接受知识的灌输，课堂效率较低，但在"对分课堂"教学模式中，学生被要求积极投入到课堂之中，改善了过往课堂沉闷的气氛，让英美文学的课堂洋溢着青春和朝气，这样舒适的学习氛围利于提高教学的质量与效率。

第二，"对分课堂"教学模式下，学生不再被动等着教师传输文学知识，而是要主动阅读文学著作的节选或者电影，这样的教学模式有利于推动学生英语语言能力的全面提升，也有助于提高学生的文学素养。在小组讨论过程中，学生们在自由发言锻炼思维能力的同时，口语水平也得到了提高，甚至社交合作能力也有了一定程度的提升。学生在完成作业时，能够更深入地领悟到英美文学作品中的人物性格塑造、主旨、内涵以及立意等，推动了审美和文学素质的提高。

第三，"对分课堂"教学模式有利于学生自主学习习惯和思辨意识的养成。相较于传统的英美文学课堂，"对分课堂"教学模式充分调动了学生的学习热情，发挥了自主学习潜力。这种课堂教学模式让学生在教学活动之中就自主地完成了信息、知识与思想的获得工作，同时也完成了"经历"和"反思"工作。除此之外，学生在自由讨论的过程之中，也可以与他人交换观念和想法，这有利于开拓学生的思路和视野，推动批判和灵活性思维的形成。

第四，有利于提高教师的业务水平。由于"对分课堂"教学模式下教师角色身份的变换，导致其对教师的水平要求也在增高。教师由传统的讲述者，变成了协助者和引导者，学生在"对分课堂"中的各种问题会推动者教师不断进行阅读和学习，以此来丰富自身学识，与时俱进。"对分课堂"教学模式在促进学生更好更高效学习的同时，也在敦促着教师不断进行学习并提升自己的业务水平。

总的来说，英美文学是英语专业意在全面提升学生鉴赏能力以及文学素养的不可或缺的主干课程之一。"对分课堂"教学模式能更好地激发学生参与进课堂的积极性，提高他们的自主学习的能力，让学生更深入直观地了解到英美文学的结构框架以及发展史。这种教学模式下，学生主动阅读和品鉴文学作品，一方面能够使得他们英语语言能力的到增强，另一方面也有利于学生思辨思维的养成以及文学素养的提高。

（三）英美文学教学改革之翻转课堂教学法

1. 翻转课堂的基本定义

翻转课堂与传统的教师教授式课堂大为不同。学生在翻转课堂之中时，可以在课前或是课后观看教师提前录制好的相关教学内容的教学视频，在这种教学模式中，学生可以根据自身的学习情况反复观看教学视频。如此，当学生处于课堂之中时，就有更多的时间进行小组的互动、讨论与合作等活动。从以学生为教学中心的理论来看，翻转课堂在学生的身心方面以及群体活动和组织方面有着极其丰富的基础理论。从教学形式来看，这种教学方式常被认为是对教学组织顺序的翻转或是对传统课堂模式的延展。但归根结底，翻转课堂能成为一种有效的教学模式，必然是有自己的理论与逻辑在的。翻转课堂的关注重心主要放在学生学习的差异性以及自主学习的积极性上。翻转课堂中的课前预习环节旨在让学生在上课之前就能对课堂学习的内容有一个整体的了解，方便上课时能更好地跟随教师的步法，从而提高课堂教学的质量与效率。上课时，学生通过与同伴的讨论与互动，能够更好地加深对所学知识的印象，加强理解，同时也有利于学生思辨思维与批判思维的养成。教师在课堂上要及时获得学生学习的反馈，以便于调整学习进度，为学生提供更好的学习体验。

2. 翻转课堂教学模式在英美文学教学中的应用

翻转课堂教学模式为英美文学教学改革注入了新的活力，提供了新的改革思路，这一教学模式颠覆了传统的"课前预习，课堂讲授，课后作业"教学方式，提出了"课前学习，课中消化，课后升华"的极具创新意义的教学新模式。在翻转课堂教学模式中，学生将会是教学全过程中的中心和根本。

（1）课前学习阶段

第一，课前学习阶段的教师活动。

①教师按照课程安排设计并录制教学视频上传到 QQ 等社交平台：教师围绕下节课所要教授的重点知识设计并录制一个 5~10 分钟的小视频，该视频可以围绕英美文学的发展史、社会背景、作家简介等知识点来制作。同时，教师也可以自行在网上搜索与下节课教学内容相关的、现成的优质教学视频，并上传至社交平台以供学生课前学习。现如今较好的教学资源有：耶鲁大学的《米尔顿》以及《现代诗歌》等作品的赏析。

②教师提出问题：教师在录制教学视频的时候，还应该根据所录制内容提出几个引导性问题让学生课前学习时思考，并让学生将思考的结构以小组为单位形成小组汇报或是微视频。

第二，课前学习阶段的学生活动。

①学生自主查阅其他相关视频与资料：教师录制的教学视频由于时间的限制，通常对知识的阐述并不全面，所以学生在课前学习时，应大量查阅其他相关的视频与资料并做好笔记，以供小组讨论时参考。在这一环节，学生除去观看教师发布的教学视频外，更应该去阅读相关知识的原著作品，积极主动的投

入进到作品内涵与立意的寻找与探索之中，逐渐增强文学鉴赏的敏锐度，掌握正确的文学鉴赏方式，提高自我表达与交际能力。

②学生小组合作展示：将学生分为 4~5 人的几个学习合作小组，一个组或是多个组一同负责教师课前发布的问题，学生在经过讨论和交流之后形成PPT 在课堂进行展示。

（2）课中内化阶段

第一，课中内化阶段的教师活动。

①诊断学习效果：教师通过课堂小测、笔记检查等多种检验方式对学生的学习效果进行诊断，得到反馈后再解决学生存在的疑惑。

②引导并评价学生活动：教师在组织学生进行小组成果展示的时候，必须要对其做出详细的规定：例如限制展示时间或展示方式等；当一组学生展示完毕之后，教师要组织同学们积极评价；给予展示学生以合理反馈，肯定他的优点，提出他的不足之处，并在此基础上进行相关知识的延展，通过这种方式，可以拓宽课堂的知识面。比如在讲霍桑的作品《红字》时，教师可以询问同学们对于主角海斯特追求爱情的行为的看法，或是可以在这部作品中看到什么中西文化之间的差异。

③鼓励学生进行阅读。一个民族语言中最为精华的部分都集中体现在文学之中。虽说学生在课前学习阶段以及进行了相关著作节选的阅读工作，但差异性存在于每个人之间，学生对英文的敏锐程度、对英语国家历史文化的了解程度等方面都不甚相同，所以教师应该在课堂之中抽出一小部分时间，带领着大家一同阅读文学作品，一起领悟作品的内涵与魅力。

第二，课中内化阶段的学生活动。

①成果汇报与交流：学生以小组形式进行 PPT 展示，每一组围绕着历史背景、作家生平、作品情节、人物分析、作品品读等其中一项内容进行展开，展示结束后，其他学生和教师针对 PPT 内容进行提问、评价、总结或简短讨论。

②学生民主评价：为了增加学生参与课堂活动的积极性，在每一个小组展示完成之后，教师可以分发一个民主评价表让学生填写。学生之间互评可以使评价更为客观，也在一定程度上调动了学生上课的积极性，同时也为教师提供了平时分的参考材料。

（3）课后升华阶段

现如今，绝大部分翻转课堂在实施教学的时候程序都不完整，但由于英美文学课程的设立旨在提高学生的文学素养，所以绝不能够仅局限于对文学知识的了解，学生应当在英美文学的学习过程之后提高审美情趣，领悟人生价值与生命的意义，所以英美文学课一定要有课后的延展过程，这样才能更好地发挥这节课的价值，实现它的设立目的。英美文学在课后升华阶段，教师一定要行使好协助者和引导着的角色职权，帮助学生完成个人或小组论文、展示、戏剧表演等课程任务，全力拓展学生的知识面，提升学生文学素养和思辨能力。

　　总之，翻转课堂在英美文学教学中的应用将有限的课堂时间延伸至课前和课后，大大提高了学习绩效，同时课堂中始终贯穿着"以学生为中心"的教育理念，既提高学生语言表达能力运用能力，又培养学生的综合文化素质和涵养，是对传统教学模式的一种补充和发展。

参考文献

［1］ 柏棣 . 西方女权主义文学理论［M］. 南宁：广西师范大学出版社，2007.

［2］ 陈定刚 . 当代中国翻译教学与翻译能力培养研究［M］. 沈阳：辽宁教育出版社，2017.

［3］ 陈丽丽 . 英美文学翻译中的语境文化因素分析［J］. 英语广场，2019（8）.

［4］ 代慧君 . 论 17 世纪早期英国的文学特点［J］. 北方文学，2016（18）.

［5］ 邓银巧 . 英美文学翻译中模糊性技巧分析［J］. 文学教育，2016（5）.

［6］ 丁芸 . 英美文学研究新视野［M］. 杭州：浙江大学出版社，2005.

［7］ 董靖历 . 不列颠和美利坚的文学星空［M］. 北京：知识产权出版社，2009.

［8］ 郭先进 . 伊恩·麦克尤恩创伤体验与长篇小说创伤书写［J］. 湖北民族学院学报（哲学社会科学版），2016（2）.

［9］ 黄丹丹，王娟 . 翻译能力的构成以及培养研究［M］. 西安：西北工业大学出版社，2020.

［10］ 黄玲玲 . 中西方文化差异对英美文学翻译的影响及对策［J］. 长春教育，2013，29（17）.

［11］ 李大艳 . 浅谈英美文学中的生态批评认识［J］. 今古文创，2021（33）.

［12］ 李璇 . 中西方文化差异对英美文学翻译的影响及对策分析［J］. 英语广场，2019（12）.

［13］ 李战子，王萍，黄涛，曹胜副，邹申总 . 人文知识与改错［M］. 上海：上海外语教育出版社，2014.

［14］ 刘万翔 . 十八世纪英国文学的发展成就［J］. 陕西广播电视大学学报，2011（4）.

［15］ 吕兴玉 . 语言学视阈下的英语文学理论研究［M］. 长春：东北师范大学出版社，2017.

［16］ 孟志明 . 多元智能理论在英美文学教学中的应用［J］. 海外英语，2018（22）.

[17] 阮桂君. 跨文化交际与实践 [M]. 武汉：武汉大学出版社，2017.

[18] 田燕. "对分课堂"教学模式下的英美文学课程教学探索 [J]. 开封教育学院学报，2017 (11).

[19] 王勃然. 二语与外语能力发展研究 [M]. 北京：光明日报出版社，2019.

[20] 王丹丹. 英美文学模糊性翻译技巧研究 [J]. 郑州铁路职业技术学院学报，2019，31 (2).

[21] 王福祥. 对比语言学概论 [M]. 哈尔滨：黑龙江大学出版社，2012.

[22] 王丽，邓桂华. 英美文学中典故的翻译考虑因素及技巧分析 [J]. 语文建设，2014 (3).

[23] 王琳. 跨文化语境下英美文学作品翻译若干问题研究 [J]. 齐齐哈尔大学学报，2018 (6).

[24] 王琼. 19 世纪英国女性小说研究 [M]. 合肥：安徽文艺出版社，2014.

[25] 王蓉蓉.《赎罪》中的创伤书写和叙事治疗 [D]. 合肥：安徽大学，2017.

[26] 王薇. 英美文学翻译中的模糊性翻译技巧论析 [J]. 齐齐哈尔大学学报，2017 (8).

[27] 王先霈，王又平. 文学批评术语词典 [M]. 上海：上海文艺出版社，1999.

[28] 魏淼. 历史视角下的英美女性文学作品研究 [M]. 北京：北京工业大学出版社，2017.

[29] 魏天真，梅兰. 女性主义文学批评导论 [M]. 武汉：华中师范大学出版社，2011.

[30] 魏懿. 阴郁的创伤书写者——凯瑟琳·安·波特小说中的创伤叙事研究 [D]. 上海：上海师范大学，2016.

[31] 吴琼. 谈英美文学教学现状及对策 [J]. 辽宁师专学报（社会科学版），2014 (1).

[32] 相云燕. 建构主义理论视角下的英美文学教学 [J]. 明日风尚，2016 (21).

[33] 熊文艳. 支架教学理论在英美文学教学中的应用研究 [J]. 科教文汇（上旬刊），2021 (1).

[34] 徐刚. 高校英美文学教学理念与模式研究 [M]. 天津：天津人民出版社，2020.

[35] 徐晓飞，房国铮. 翻译与文化 [M]. 上海：上海交通大学出版

社，2018.

[36] 闫凤霞．对英美文学翻译中模糊性翻译技巧的研究［J］．牡丹江教育学院学报，2014（8）.

[37] 袁媛．英美文学中典故翻译考虑因素及技巧的思考［J］．文化创新比较研究，2018（26）.

[38] 张丹．翻转课堂在英美文学教学中的实践运用［J］．齐齐哈尔大学学报（哲学社会科学版），2017（6）.

[39] 张晓平．英美文学教学研究［M］．长春：吉林人民出版社，2019.

[40] 张忠喜．英美文学与翻译研究［M］．吉林：吉林出版集团，2018.

[41] 赵静蓉．创伤记忆的文学表征［J］．学术研究，2017（1）.

[42] 赵秀明，赵张进．英美散文研究与翻译［M］．长春：吉林大学出版社，2010.

[43] 朱惠娟．对英美文学翻译中模糊性翻译技巧的研究［J］．海外英语，2016（12）.